私はヒロインになれない

Watashi ha heroine ni narenai by kozakura nana

小桜菜々

イラスト／MM
デザイン／北國ヤヨイ（ucai）

もくじ

私はヒロインになれない

私はきっと、漫画や映画に出てくるような、キラキラしたヒロインにはなれない。

だけどいつか、たったひとりの〝特別〟にはなれるだろうか。

＊

昔から、少女漫画が嫌いだった。

いや、少女漫画のヒロインが嫌いだった。

地味なヒロインが輝いていくパターンも、輝いているヒロインがさらに羽ばたいていくパターンも。

前者は、無自覚美少女という設定からしてすでに無理がある。自分の顔のレベルなんて鏡を見ればわかるはずだ。誰にも認識されないような女の子が眼鏡を外しただけでそんなに変わるわけないだろ。地味だろうがなんだろうが、生まれ持った顔が可愛《かわい》ければ周囲からそれなりの評価を得る。逆に言えば、顔面の美しさは眼鏡ごときじゃ隠しきれない。

後者も後者で、なぜか恋愛に関してだけ異様なまでに初心《うぶ》である。明らかに自分に好意があるヒーローの気持ちに気付かない鈍感ぶり、なぜか人のためなら急にキャラ変できる正義感、かと思えば変に意地を張ったりうじうじしたりする謎のネガティブを発揮し、ちょっと手を伸ばせば届くくらい目前に転がっている幸せから逃げようとさえする。

どちらにせよ、彼女たちは、本当はわかっているのではないだろうか。

自分がどれだけ周りを振り回しても許される、天性の才能を持っていることを。

ただ待っていれば完全完璧無敵のヒーローが追いかけてきてくれることを。

根っから美しい心を持った善人なんて、きっといないはずだ。


「でさあ、彼女がすっげえはしゃぐんだよ。すごーい！　きれー！って子どもみたいに。それがもうすっげえ可愛くて、半端なくて、天使……なの……？みたいな。俺その顔見ただけで百年は生きれると思ったね」

「へーよかったな」

「目の前に天使いて写真撮らない奴いねえじゃん。だからびっくりさせようと思ってこっそり撮ったわけ。で、あとで写真見せたら、えぇーいつの間に撮ってたの？　恥ずかしいよーとか言って。まじ可愛すぎね？　ガチ天使じゃね？」

「女の話ばっかうぜえんだよバーカ！　さっさと振られちまえ！」

大学四年の春、私はバイト仲間と連日飲み会に明け暮れていた。

大通《おおどおり》にあるバイト先の居酒屋は二十三時まで営業していて、片付けを済ませて店を出る頃には日をまたぐ。それでも週末の札幌《さっぽろ》の飲み屋街は静寂とは程遠く、夜はまだまだこれからだとばかりに活気に溢《あふ》れている。

　そんな光景を見ながら、さらに深夜の妙なテンションのまま早々に帰宅するのはなんだかもったいなく感じてしまう。それはみんなも同じだったのか、いつからかこうして宅飲みをするようになったのだった。

　メンバーはいつもだいたい同じで、男が三、四人に女が私ひとり。ただでさえ同世代のアルバイトが男ばかりなうえ、週末にラストまでシフトが入る女は私くらいなのだ。

　今日も今日とて開催された男女比四対一の宅飲み開始から約一時間、延々と彼女自慢する部屋の主を横目に見ていた。

　本当に馬鹿だな、と思いながら。

　たぶん彼女は写真を撮られたことくらいわかっている。むしろ、景色に感動してはしゃぐ私可愛いでしょ？　ほら、今がシャッターチャンスだよ、ちゃんと気付かないふりしてあげるから私が景色に見入ってるうちに早く撮ってよ、ただし写り変だったらスマホぶっ壊すからね、くらい思っていたのではないか。

「で、おまえは？　なんか後輩の女の子の相談聞いてるっつってたじゃん」

「ちょ、聞いてくれる？　なんか最近すげえいい感じになってきてさ。本当に優しいですね、って潤《うる》んだ目で言ってくんの。俺キュンキュンしちゃって、もう彼氏の話全然入ってこねえの。これちょっとやばい流れじゃね？　ワンチャンあるんじゃね!?」

馬鹿がもうひとりいた。

異性に相談しているうちに——なんてのは、もはや王道と言ってもいいくらいあるある話だ。だけどそれは、ちょっとずつ距離が縮まっていくとかいう話ではないと私は思う。

彼女は最初からこいつに気があったのだ。その子に限らず、女の子はもともと好意を持っている相手、もっと言えば次の彼氏候補に相談をする。わざわざどうでもいい相手に恋愛相談なんかしない。時間は有限だということを、女の子は痛いほどわかっているのだから。

と、胸中で思いきり悪態をついている私の隣で、私と同じくらい、あるいはそれ以上に白けた顔をしている男がいた。

「彼女も今から来たいって！」

ノロケ話をしていた彼が、スマホを見て言った。

「は？　なんで？」思わず訊《き》いてしまう。

「女友達もいるっつったら、彼氏の友達ならあたしも仲よくなりたいって。まじでいい子すぎるだろ……もう泣けてくるわ……」

違うって。私のことを見定めに来るんだって。放っておいても大丈夫そうか否か。いや、自分にとって有害か無害か。もっと正確に言えば、顔面偏差値もろもろ含め自分よりレベルが上か下か。

「ひとり増えるなら酒足りなくね？」

「確かに。よっしゃ、じゃんけんしようぜー！」

「私が行くよ」

言うと、彼女自慢をしていた彼が「へ？　いいの？」と白々しく目を点にした。

彼女に買ってこさせりゃいい話だと思うけど、このベタ惚《ぼ》れ度と『じゃんけん』と口にしたことから察するに、彼女をパシるつもりはさらさらないのだろう。

「いいよ。行ってくるね」

男友達の彼女となんか顔を合わせたくない。私を見た途端にほっとした――勝ち誇った顔をするだろう彼女なんか見たくない。

自虐《じぎゃく》を抜きにしても、私を見て〝負けた〟と思う女の子はたぶんそうそういない。

まず、男が女を飲み会に誘う理由は大きくふたつあると思う。

ひとつ目は、華がほしいから。

ふたつ目は、女としてカウントしていないから。

確認するまでもなく私は後者だろう。彼女持ちの男の家で開催される飲み会に平気で呼び、しかもそれを彼女に隠そうともしないのがいい証拠だ。

ただでさえ可愛いとは言い難い、中の下レベルの顔を隠そうともせずほぼすっぴん。バイト終わりでぼさぼさのショートカット。ぶかぶかの黒いパーカーにデニム。きっと誰もが、ひと目で女として見られない女だと即座に理解する。

私自身、昔から女の子といるより男といる方が楽だった。女の子が集まる場にいると、頭をフル回転させながら彼女たちが求めている反応や言葉を探し、神経を張り巡《めぐ》らせながら顔色を窺《うかが》ってしまう。

女の世界はサバイバルなのだ。その点、男はアホでいい。

とにもかくにも（彼女持ちの男の家に堂々と上がり込んでいた私も悪いけど）なんだか面倒なことになりそうだ。私と彼女にしか感じられない殺伐とした心理戦が繰り広げられることは間違いないだろう。

最悪このままバックレられるように、自分のリュックを持って立ち上がった。

「明《あきら》、ちょっと待って」

それは私の名前だった。まるで娘の行く末を生まれたときから予知していたかのように男みたいな名前。

私を呼び止めたのは、白けた顔の男こと波瑠《はる》だった。

「俺も一緒に行くよ」

彼もこの場を抜けたいのかもしれないと思いつつ、「ありがとう」とお礼を言って部屋を出た。

波瑠はバイト仲間の中で唯一同い年の男の子だ。違う大学に通っているから、バイト以外での接点はない。ふたりきりになったのも今日が初めてだ。

四月の北海道の夜は、春と呼ぶには寒すぎる。

パーカー一枚じゃ防寒しきれず、ぶるっと体が震えた。

「寒いよな。これ着ていいよ」

波瑠がそう言いながらアウターのチャックに手をかけた。

「いいよ。大丈夫」

なるべく平坦な声で言うと、面食らった波瑠は手を止めた。私が『ありがとう』と素直に受け取ると思っていたのだろう。そうできる女の子が勝ち組になれるのだろうな、と思う。だけど私にとっては至難の業だ。

波瑠が風邪を引くかもしれないとか、そう言ってくれるのを狙ったみたいだとかいろいろ考えて、素直に甘えられないし上手な断り方もわからない。

波瑠はやや悩んでから、チャックにかけていた手をポケットに入れて前を向いた。

「すげえよなあいつ。最近彼女の話ばっか」

「あ、うん、ほんとだね」

「でもまあ、そりゃ嬉《うれ》しいよな。ずっと猛アタックしてやっと付き合えたんだし。このままうまくいってくれたらいいよな」

波瑠は穏やかに微笑《ほほえ》んでいた。きっと本心なのだろう。

優男か。

私はあのカップルの行く末なんて、はっきり言ってどうでもいい。

「そういえば、波瑠は彼女とどうなの？　高校のときからずっと付き合ってる彼女いるんだよね？」

「ああー……うん、まあ」

波瑠の顔から笑みが消えた。

いや、笑顔が翳《かげ》ったと言うべきだろうか。

「よかったら、相談聞いてくれない？」

例えば今隣を歩いているのが波瑠以外の誰かだったら、私はさらりと流していただろう。あるいは、波瑠の表情が明るかった場合でも流していた。

「話聞くくらい、全然いいよ。私でよければ」

「明がいいんだよ。じゃあ、さっそく聞いてもらっちゃおっかな」

にっと悪戯《いたずら》っぽく笑った波瑠を見て、ドキッとした。

恋愛に関する女の子の言動には少なからず打算があると私は思う。男はどうなんだろうか。

少なくとも私の中には打算がある。どうでもいい異性の恋愛相談なんかに乗るほどの優しさは持ち合わせていない。

それでも普段なら絶対に言わない台詞《せりふ》を言ったのは、波瑠の口から彼女に対する不平不満が、なんなら悪口が語られてほしいという邪念があったからだ。

つまり私は、前々から波瑠のことが好きだったのだ。


彼女持ちの男と、知り合いに遭遇しそうな店で堂々とふたりで飲むわけにいかない。波瑠も似たような考えなのか、ただなんとなくなのか、私たちはどちらからともなく人通りの多い場所を避けながら歩いていた。

中島公園《なかじまこうえん》駅に差しかかったとき、ふいにクリーム色を基調とした可愛らしい外観の一軒家が目に留まった。ガラスドアの横には『喫茶《きっさ》こざくら』という看板がある。深夜まで営業している喫茶店なんて珍しい。

傍らにあるスタンド式の黒板には、『本日のメニュー』がいくつかと『犬アレルギーの方や苦手な方はご遠慮ください』という注意書きがあった。

ブラインドが閉まっているから店内は見えないものの、人の気配はなく、空いていることだけは感じ取れた。犬は好きだし隠れ家っぽい雰囲気が今の私たちにちょうどいい気がして、とりあえず入ってみることにした。

ガラスドアを開けると、中は淡い色の木目を基調としたナチュラルな内装だった。インテリアにはそれほどこだわりを感じない、至ってシンプルなお店だ。

カウンター席の前で、マスターらしき三十代半ばくらいの男性がクリーム色のチワワとたわむれていた。

ややあって私たちに気付いた彼は、なぜかびくっと肩を跳ねさせてからマネキンみたいに固まった。つられて私たちも固まってしまう。お店の看板は『ＯＰＥＮ』になっていたけれど、まさかもう閉店間際なのだろうか。

やがて意識を取り戻したらしい彼は、歯を剥《む》き出して低く唸《うな》っているチワワを抱っこして立ち上がる。次いで、まるで私たちの視線から逃げるように、厨房《ちゅうぼう》に向かって「ユキちゃん」と呼んだ。

「いらっしゃいませー。お好きな席へどうぞー」

厨房から、エプロンをした二十代半ばか後半くらいの小柄な女性が顔を覗《のぞ》かせた。なぜか私たちを歓迎する気ゼロのマスターらしき男性とチワワとは対照的に、この店員さんはにこやかな人でほっとする。見ればふたりの左手に指輪があるから、おそらく夫婦なのだろう。

ぺこりとお辞儀をしてから、視線をずらして店内を見渡した。

椅子が四脚あるカウンター席の他に、四人がけのテーブル席が四つ。その中から、波瑠は迷わずカウンター席を選んだ。

他意もなくそうしたのなら、波瑠は天然の小悪魔だと思う。自然と距離が近くなるし、椅子と椅子の間隔がそれほど開いていないから、簡単に腕が触れる距離だ。

ちょっと緊張しながら隣に座って、もうお腹はいっぱいだからドリンクのメニューを開く。喫茶と名乗っているからにはカテゴリーは喫茶店なのだろうけど、お酒の種類が豊富だ。

ひと通り目を通してから生ビールを注文した。体はもうアルコールを欲していないものの、波瑠とふたりで歩いた十五分間で酔いが醒《さ》めてしまったのだ。素面《しらふ》の状態では、この距離に心臓がもたない。

生ビールがふたつ届いて乾杯すると、すぐさま波瑠が口を開いた。

「彼女、インフルエンサー目指しててさ」

「そうなんだ。全然知らなかった。波瑠、あんまり彼女の話しないから」

「前に大学の友達に話したら、その子が彼女のこと知ってて、ちょっと騒がれちゃってさ。それからなんとなくしづらくて」

「そんなに有名なの？」

「札幌在住って公表してるから、なおさら知ってたんじゃないかな。身近な人だって思うと興味も出るだろうし。りりあって知ってる？」

「ごめん、私ＳＮＳとか疎《うと》くて……」

「謝ることないって。俺もよくわかんねえし。むしろ知らない子いてほっとした」

波瑠は本当にほっとした顔で微笑み、ビールを半分ほど一気に呷《あお》った。

「高三のときに『Kotone.』って人のＳＮＳ見つけて推すようになってさ」

「あ、その人なら知ってる」

大学の友達が推しているから、ＳＮＳを見たことがあった。ファッションやインテリアや料理など、愛犬と過ごすお洒落《しゃれ》なライフスタイルを発信している札幌在住のインフルエンサーだ。

友達いわく、動画では過去の恋愛の失敗談を赤裸々に語ったり視聴者からの相談に答えたりもしていて、憧れの存在というだけじゃなく、共感できるとか教訓になるとかでハマる女子が続出しているらしい。

「その人のＳＮＳ追ってるうちに、自分もやってみたいって言い出して、動画投稿するようになって。最初はただのノリでやってると思ってたんだよ。けどなんかの動画がバズって、一気にフォロワー増えていってさ。こないだもＳＮＳの総フォロワー数が何万人だか超えたってすげえ喜んでた」

「す、すごいね……」

「うん、すごいんだけど」

波瑠は残りのビールを飲み干して、グラスをテーブルに力なく置いた。

「彼女はインフルエンサーになるって夢を見つけてから、どんどん先に進んでいった。俺のことなんか見えてないみたいに」

とても友達の彼女の話だと思えなかった。ただでさえSNSに疎い私は、まるで異世界の話を聞いているみたいに感じる。

それは波瑠も同じなのだろう。自分の彼女の話なのに、表情も口調もどこかぼんやりしていて、現実感がなさそうに見えた。

「だからさっきもそうだけど。楽しそうに彼女の話する奴見てると、昔のこと思い出して、いいなーとか思っちゃうんだよ。彼女が夢に向かって突き進んでるっつーのに、こんなことばっか考えてさ。かっこ悪いよな、俺」

「そんなことないよ」

暖色照明を見上げながら話していた波瑠が、ふいにこっちを向いた。

ただ顔を合わせただけなのに、視界が波瑠で埋め尽くされる。

「波瑠はただ、寂しいだけでしょ？　何年もずっと一緒にいた人を急に遠く感じたら、そんなの寂しくて当たり前だと思う。かっこ悪くなんかないよ」

丸くなっていた波瑠の目が、ゆっくりと細くなっていく。

「ありがと。やっぱ明に話して正解だった」

今日はもうちょっと付き合ってよ、と二杯目のビールを注文した波瑠を見ながら、私は不正解だったなと思っていた。私の思考がいかに邪念に塗《まみ》れているか痛感してしまったのだから。

私はがっかりしていた。

彼女の悪口を聞きたかったのに。真摯《しんし》に相談を聞いて慰めるふりをして、波瑠の中に私という存在を植えつけたかったのに。

私は今の今まで、彼女の話をほとんどしない波瑠を見ながら期待していたのだ。彼女とうまくいっていないのだろうと。いつか波瑠の口から『別れた』と聞けるんじゃないかと。

だけど現実は、波瑠の中で彼女の存在がどれほど大きいのか、どれだけ彼女のことが好きなのかを聞かされただけだった。

話を聞くなんて言ってしまったのは、とんだ大不正解だった。

そう思うのに、

「私でよかったら、またいつでも話聞くから」

私は口角を上げてそう言っていた。

波瑠との出会いは、ごくごく普通のものだった。

半年前、私が一年の頃からずっと勤めているバイト先に波瑠が入ってきて、シフトがよくかぶった。仕事を教えているうちに、同い年ということもあり自然と仲よくなった。

すっごい普通の男の子だな。それが波瑠の印象だった。

だけど私は、きっと最初の頃からなんとなく好意を抱いていたのだろう。

イケメンというわけではないけど、優しそうな雰囲気と笑顔がいいなと思った。飲み会に参加すれば、騒いでいる人たちを遠目に見て、だけど決してつまらなくはなさそうに笑っている姿に惹《ひ》かれた。

やがて〝ただのバイト仲間〟から〝友達〟になった頃には、私は波瑠を好きになっていた。

ゆっくり好きになっていく、という感覚がよくわからなかった。外見が許容範囲内でそれなりに仲よくなれば好意を抱く。だけど、そんなの私だけじゃないはずだ。仲よくなりたい、もっと相手のことを知りたいと思った時点で、それはもはや好きなのではないだろうか。自覚するタイミングの話ではないだろうか。

好きになった理由なんて後付けだ。外見とノリでなんとなく好きになったなんて言えないから、それっぽい理由を探すのだ。

なんて可愛げがないことばかり考えているから、いつも私は女として見てもらえないのだろう。

＊

「ほんとにこの店でいいの？」

ちょっと失礼なことを言いながら、波瑠がお店を見渡した。炭の香りが漂っていてちょっと騒がしい、ごくごく普通の居酒屋だ。

初めてふたりで飲んだ日から一か月。バイトのシフトがかぶった日の帰りは、恒例の宅飲みではなく、ふたりで居酒屋に寄るようになった。ぶらぶら歩きながら気になったお店に入るのがいつもの流れだ。

「いいよ。ていうか波瑠がこのお店がいいって言ったんでしょ」

「だからだよ。明、嫌だとか絶対言わないじゃん。他の店がいいとかあったら正直に言ってよ」

「嫌だったら言うよ。私もこういうお店が好きだから。落ち着くし」

「ならいいけど」

私の向かいに腰を下ろしながら、波瑠は「気合うな」と微笑んだ。

「彼女はこういうお店嫌がるんだ」

波瑠をからかうふりをしながら、私はわざわざ自分にダメージを与える。

この密かな自傷行為は私なりの境界線だ。

ふたりで飲むようになってから、私たちは確実に距離が縮まっている。波瑠の口から彼女の話題が出る頻度《ひんど》はぐんと減り、たわいもない話をして笑い合うだけの日もあった。

ちょっと油断すると、すぐに自分の都合のいい解釈をしようとしてしまう。

だからこうして定期的に彼女の話題を出さなければいけない。

「嫌がるかはわかんないけど。彼女と飲むときはだいたい彼女が店選ぶから、こういう店は来ないかな。たまに俺が店選ぶときもあるけど、お洒落なとこ選ばなきゃって死ぬほど神経使うし」

「私相手なら気遣う必要ないってこと?」

「そうじゃなくて」

「いいよべつに。冗談だから」

「ほんとにそうじゃなくて」

波瑠はなぜかムキになって、私の目をじっと見た。

「いや、気遣わないってのは違わないかも。けどそれは、明といたら落ち着くし楽しいって意味だよ」

その何気ない台詞で私がどれだけドキドキするのか――期待してしまうのか、波瑠はちゃんと想像しているのだろうか。

「彼女、昔からお洒落なお店が好きだったの？」

だから私は、自傷行為を繰り返す。

あえて彼女の話題を出して、勘違いしてしまわないよう自分に釘《くぎ》を刺すのだ。

「高校のときは普通にマックとか、牛丼とか食ってたよ。けど大学入ってしばらくしてから彼女がＳＮＳで収益得るようになったし、俺もバイトしてたから、お洒落な店行くようになった。……俺が気後れするくらい、キラキラした店」

波瑠は苦く笑って、運ばれてきた料理に箸をのばす。

「最初は俺も新鮮だったから、ちょっと緊張しつつ一緒に行ってたんだけどさ。俺は普通に楽しく喋《しゃべ》りながら飲み食いできたらよかったんだよ。けど、彼女は料理が運ばれてくるたびに角度変えながら何枚も写真撮って、それが終わるまで手つけちゃだめだったり。だんだん、俺と行きたいんじゃなくて、映える料理を撮るために店選んでるんだなーとか思うようになっちゃって」

自傷行為と称しておきながら、私は波瑠のこの表情を待っているのだ。

悪口とまではいかなくとも、彼女との綻《ほころ》びを見つけたい。あわよくば、彼女に対する不満を口にしているうちに、思考がどんどんネガティブな方向に傾いてほしい。

――彼女とは合わないって、もう別れようって、思ってほしい。

「てか、ごめん。また自分の話しちゃったな。しかも彼女の愚痴ばっか。なんか明の前だと気緩むっていうか」

「いいよ。話聞くって言ったじゃん」

「ありがと。けど、今日は明の話聞かせてよ」

「私の？　なんで？」

「いつも聞いてもらってるから。そういえば明の話ってあんま聞いたことないかも。みんなで飲んでるときも、明って聞き役だよな。彼氏いるの？」

「単に話すようなことがないからだよ。それに、私の話なんてみんな興味ないだろうなあって」

「興味あるよ。だから、聞かせてよ」

天然の小悪魔か、単なるチャラ男か。

やや疑心暗鬼になりながらも、前者であってほしいと強く願っていた。

「彼氏は……もう何年もいない。もともと全然モテないし、付き合っても続かないんだよね。私、可愛げがないから」

波瑠から目を逸《そ》らし、ビールで喉を湿らせる。

「なんていうか、女子力ゼロなんだよね。私もキラキラしたお店は得意じゃないし、チーズとカクテルより焼き鳥とビールの方が断然好き。お洒落のセンスもないし、したところで似合わないだろうし。ネイルは可愛いなって思うけど、こんな汚い手にしても意味ないかなって」

荒れた手の甲を波瑠に向けて、自嘲《じちょう》するように笑ってみせる。自虐も度が過ぎると引かれてしまうことはわかっていた。だけどこれは単なる自虐ではなく、事実だ。

——明って外見も中身もサバサバしすぎてて女っぽくないいんだよな。

男友達はこぞって私にそう言った。好きだった男の子さえも。

それでも私を好きだと言ってくれる変わり者もいた。

「高三のときに彼氏がいたんだけど、大学で離れて遠距離になっちゃったの。最初の方はマメに連絡取ってたけど、ある日突然振られた。遠距離になってから一回も会いたいとか寂しいとか言ってくれたことないじゃん、おまえは結局俺のこと大して好きじゃないいんだろって」

今さらなにを言っているんだろうと思った。

そんなのもとからそうだったのに。そういうさっぱりしたところが好きだって言ってたのに。

「思ってたんだよ。寂しかったし会いたかった。だけど、言ったところで無理じゃん。

私は行けないし、向こうだって来れない。万が一来てくれたって素直に喜べない。私が我儘《わがまま》言ったせいで、お金と時間使わせちゃったって、私はそう思っちゃうから」

べつに過去の恋を引きずっているわけではないのに、思い出すと目の前の景色が霞《かす》んでいくような感覚になる。

あのときだけじゃない。いつもそうだった。

「私を好きだって言ってくれた数少ない人たちはね、みんな、女の面倒なところがないところが好きだって言ってくれた。だけど付き合って何か月か経《た》てば、みんな同じようなこと言うの。で、結局振られて、そのあとすぐに元カノとより戻したり、キラキラした女の子と付き合ったりしてた」

男は結局、面倒だと言いながらも振り回されるのが好きなんだろう。

彼女に不満があるとき、痛い目を見たとき、反動で正反対のタイプに逃げたくなるだけ。べつに私がよかったわけじゃない。

いつだって私は脇役B、あるいは当て馬だった。

「でもさ、女の子なんて計算してるじゃん。こないだの飲み会だって、彼女のこと天使だとか、相談してくる後輩といい感じになってきたとか言ってたけどさ。そんなの女の子の計算だよ。それに男がまんまと引っかかってるだけ」

なに言ってるんだろう。どう考えても好きな人に言う愚痴じゃない。絶対に引かれる。

　わかっているのに、止まらない。

「女の子はわかってるんだよ。男はなんだかんだ言っても面倒な女が好きだって。だから適度に我儘言って適度に振り回すの。自分はそういうことをしても許されるレベルだってわかってるから、わざとそうしてるんだよ」

　はい、私の片想い終了。

　ドン引きしているだろう波瑠の顔を見るのが怖くて、悪酔いしてしまった痛い女を演じるため、ビールを一気飲みしてわざと目を据わらせる。

　沈黙を置いてみてもひたすら黙っている波瑠を見れば、なにやらきょとんとしていた。いまいち感情が読み取れない。

「あ……はは。ごめん、引いたよね。男は、女は、ってひと括《くく》りにしちゃだめなのもわかってるんだけど、つい癖《くせ》で。私の独断と偏見だから、忘れて。サバサバしてるってよく言われるけど、実は腹黒いんだ、私」

「いや、勉強になった。そういう子もいるんだなって」

　自分で自分に放ったトドメの一発が刺さる寸前で、波瑠がやんわりと止めた。

「ただの独断と偏見じゃないと思うけど。実際にそういう子を見てきたんだろ？」

「それは……そう、だけど」

「腹ん中で黒いこと考えてる奴なんか男にもいるよ。俺だってそうだし。まあ確かに男と女ってひと括りにするのはよくないかもだけどさ、なんか明が言うと説得力ある気がした。明っていつも冷静で落ち着いてるし、周りのことよく見てるから、すげえ信頼できるタイプっていうか」

　こういうとき、あざとさと演技力を持ち合わせていれば涙の一滴や二滴こぼせたのだろうか。そんな風に思ってくれて嬉しい、ありがとうって、素直に言えたのだろうか。

　私には到底無理だ。演技力もなければ、泣きたくなるほど嬉しい言葉を素直に喜ぶこともできないのだから。

「そんなこと、ないけど」

　だってそれは、友達としてでしょ？

「あるって。元彼とのことだってさ、相手のこと考えて我慢してたんだろ？」

「買いかぶりすぎだよ。そんなにいい子じゃない。ひねくれてるだけ」

「俺はそう感じたんだよ。そもそも俺、明のことサバサバしてるって思ったことないかも。優しい子だなってずっと思ってた」

　だけど、私を好きになってくれないでしょ？

「さっきも言ったけど、いつもみんなの話聞いてるし、今もこうやって俺の話も聞いてくれてるし。それに」

違う。優しくなんかない。信頼してもらえるような人間でもない。

だったらこのまま私のこと好きになってよって、彼女のことなんか捨てちゃえばいいじゃんって、思ってる。

「汚い手とか言ってたけどさ、そういう風に言うなよ。手が荒れてるのは、頑張って働いてるからだろ。洗い物も掃除も、みんなが嫌がること率先してやってるじゃん。だから、そんな言い方するな」

好きになった理由なんて後付けだ。だけど、好きが増していく確かな理由はある。

ひとつ思い出してしまった。

波瑠はいつからか、やけに洗い物をするようになった。最初はホールに出るのが嫌になったのかと思っていたけれど、ある日代わろうかと声をかけた私に言ったのだ。

俺がやるからいいよ、明ばっかり面倒な仕事やってるじゃん、と。

「……うん。ありがとう」

たったひと言が、喉の奥でうごめいていた。

口に出せたらどんなにすっきりするだろう。

好きだよ、波瑠。

＊

「明ちゃん、悪いんだけど今日ラストまでいける？」

店内が落ち着いて帰る支度を始めたとき、店長が慌てて私を引き止めた。

「え……でも私、今日は早番ですけど」

「いや、うん、そうなんだけどさ。マヤちゃんとアイミちゃんが体調悪くなっちゃったみたいで」

店長の視線を追えば、ふたりは厨房の椅子に座ってぐったりしていた。

それ、絶対嘘《うそ》ですよ。

休憩中に、飲み会誘われたんだけどイケメン揃《ぞろ》いらしくてさー具合悪くなったふりして帰っちゃおうよーてか実際ラストまでとかだるくない？とかなんとか話していたことを知っている。

ていうか、体調不良で早退って何度目だよ。遅刻当欠も常習犯だろ。そもそも居酒屋でバイトしてるくせに週末は早番か休み希望ばかり出す神経が信じられない。店長も店長だ。どうして毎回騙《だま》されるんだろう。ちゃんと注意しろよ。

いや、騙されているわけじゃないのかもしれない。

たとえ嘘を見抜いていようが、店の看板である可愛い女の子たちに注意なんてできないのだ。

「……わかりました」

荒波のように打ち寄せる文句を口に出すことなく、店長から目を逸らして頷《うなず》いた。チクったところで、どうせ店長が彼女たちを残らせることにはならない。それに、万が一店長が店長らしく注意したって、彼女たちはきっと逆ギレして怒りの矛先をチクった私に向け、あとあと面倒なことになるのは目に見えている。

そもそもこんな扱いはざらだし慣れっこだった。可愛げがない私は、いつだって男性社員にいいように扱われる。私の味方をしてくれる男なんていないのだ。どんなに真面目に働こうが、そんなの誰も評価してくれない。

閉店までのことを考えると吐きそうだった。平日とはいえまだ二十一時だし、客足はなくならないだろう。店長はこれから事務所にこもってパソコンと睨《にら》めっこをする。つまり残りの二時間、閉店後作業も入れると三時間、実質私ひとりで回さなきゃいけない。

「うん、悪いんだけどよろ——」

「俺も残ります」

なぜか壁に寄ってこそこそ話していた私たちの後ろから、波瑠が強い口調で言った。

私の勘違いじゃなければ、ちょっと怒っているように見えた。

「団体客もいるし、たぶんホールひとりじゃ回んないっすよ」

「ああ、そう？　じゃあお願いしよっかな。ふたりとも、あとよろしく」

店長はそそくさと私たちから離れ、帰れることを察知したのかもはや体調不良の演技すらしていない彼女たちに声をかける。

元気そうにしか見えないふたりは、私たちにティッシュより薄いペラペラの謝罪を残して去っていった。

「あ……ありがとう、波瑠。助かる」

微笑んだ波瑠を見て、強く思った。

私を好きになってくれないなら、これ以上好きにさせないで、と。


閉店まで一時間を切り、団体客も退店して、少しずつ片付けを始めていく。

波瑠とふたりきりでラストまでいるのは初めてだから、バイト中のくせに私はまんまと浮かれていた。

そんな私を叩《たた》きのめすように、

「あ、波瑠いたー！　来たよー！」

可愛い声ががらんとしていた店内に響いた。

振り向けば、声からイメージした通りの可愛い女の子が波瑠に手を振っていた。

「りりあ？　なんで……」

「なんでって、飲みに来たの」

「この店の料理は映えないと思うけど」

「わかってないなあ。あえて映えさせないっていうのも流行《はや》ってるんだよ」

「なんだそれ」

——りりあ。

忘れるわけがない。

初めて波瑠と飲んだ日に一度だけ聞いた名前。

波瑠の、彼女だ。

「あれ、もう閉店？」

「あと一時間」

「よかった。みんなー、一時間だけなら大丈夫だってー！」

彼女が外に向かって言うと、なんだかキラキラした四人がぞろぞろと店に入ってきた。

物珍しそうに店内を見渡し、「たまにはこういうとこもありだよねー」と失礼な感想を言う。

「もしかして、アキラさんですか？」

彼女が私に向き直って、細長い首を傾《かし》げた。

予想外すぎる展開と罪悪感に心臓が跳ねた。

「そう、ですけど……なんで私の名前……」

「波瑠からよく話聞くんですよー。バイト先に仲いい女の子がいるって。いつも波瑠がお世話になってまーす」

本心なのかマウントなのか読み取れない満点の笑顔を向けられた私は、どう返すのが正解かわからず言葉に詰まってしまった。

違う。ショックを受けているのだ。

波瑠は彼女に私の話をしないと思っていたのに。

話していたことを喜べるわけがなかった。それはつまり、波瑠にとって私が友達以外の何者でもないという、なによりの証《あかし》だからだ。他の男の子たちと同じように。

彼女だって、決して私のことを見定める目つきではなかった。

見定める必要すらないのだ。

彼女の目には、マウントをとる域にも達していない、ただの脇役にしか映っていないのだから。

いっちょ前に罪悪感なんて抱いていた自分が滑稽《こっけい》すぎて、あまりにも惨めで、笑うことすらできない。

波瑠に案内されて私から遠のいていく彼女をぼんやり見つめた。

彼女をひと言で表すなら〝ヒロイン〟だった。

可愛くてお洒落でキラキラ軍団の中でも一段とキラキラしていて、輪の中心が彼女であることは一目瞭然だ。

さすがインフルエンサー見習いと言わんばかりの、私が着たらセンス絶望的だと思われそうな奇抜な服を完璧に着こなしている。いや、もはや彼女のためだけに仕立てられた服みたいだった。おそらくどんな服を着てもそう見えるのだろう。

比べることさえおこがましいくらい私と正反対の、キラキラでふわふわのお洒落女子。


閉店時間を迎え、大して注文を受けていないのになぜかぐったりした心身に鞭《むち》打ってテーブルを片付ける。

ぐっちゃぐちゃに荒らしてくれればちょっとくらい悪態をつけたのに、食べ残しは一切なく、ゴミも食器もまとめて、なんならおしぼりでテーブルを拭いてくれた形跡まであった。

食器を持って厨房に向かう。

今日も洗い物をしている波瑠の背中に呟《つぶや》いた。

「彼女に……私の話、してたんだね」

「ああ、うん、普通に」

「わざわざ言わなくていいのに」

「え？　なんで？」

「他の女とふたりで飲んでるなんて普通言わないでしょ。彼女だって絶対いい気しないだろうし」

「そんなことでいちいち怒んないから大丈夫だよ。彼女だって男友達と飲んだりするし。むしろ、危ないから遅くなった日は送ってあげなよーとか言われるくらい」

性格もいいのかよ。いくらなんでも非の打ちどころがなさすぎる。

そういえば、前にご意見番の大御所女性タレントがテレビで言っていた。顔が綺麗《きれい》な子は心も綺麗。なぜならちやほやされて順風満帆に生きてきたから、他人に嫉妬する必要がない、みたいなことを。

さすがご意見番だ。きっと仰《おっしゃ》る通りなのだろう。

あれだけ可愛くてセンスも抜群な子は、計算なんか必要ないのかもしれない。彼氏が女とふたりで飲みに行こうが気にならないのかもしれない。自分に絶対的な自信があるのだから。

「もう、やめよ。ふたりで飲みに行くの」

「だから大丈夫だって――」

「私が嫌なの」

忙《せわ》しなく動いていた波瑠の手が止まる。

上半身だけ反転させた波瑠は、怪訝《けげん》そうに眉根を寄せた。

止め忘れている水の音が、厨房に響いていた。

「彼女に、申し訳ないし。今さらだけど。とにかく、もうやめよう」

あとよろしく、と店長みたいに言って、その場から逃げた。


ほんの一時間前まで、今日も波瑠と歩くだろうと思っていた道のりを、私はひとりでぶらぶらと歩いていた。今はあまり人と会いたくなくて、いつかみたいに人通りの多い道を避けているうちに『喫茶こざくら』の前を通りかかった。波瑠と初めてふたりで飲んだ日に行ったお店だ。

今日もブラインドは閉まっているものの、相変わらず人の気配はなかった。

ひとりになりたいけど、ひとりでいたくない。

今の矛盾した気持ちにこのお店はちょうどいい気がして、ドアハンドルに手をかけた。

「いらっしゃいませー。お好きな席へどうぞー」

にこやかな奥さんと、今日も歯を剥き出して低く唸っているチワワに迎えられた。カウンターの奥でコーヒーを淹《い》れている旦那さんは、私の来店に前回ほど驚くことなくぺこりと頭を下げた。

カウンター席は波瑠の影が残っている気がして、一番奥のテーブル席に座った。ひとりでお酒を飲む気にはなれず、ホットコーヒーを注文する。

待っている間に耳を澄《す》ませれば、black number《ブラックナンバー》の曲が静かに流れていた。そういえば前回来たときもこのバンドの曲がかかっていた気がする。

今かかっている曲は、タイトルはわからないけど聴いたことがある。流れてくる声を頭の中で文字に起こしてみると、片想いをしている子が、黒い感情が溢れないよう必死に葛藤している曲だった。

「この曲、気に入った？」

いつの間にか私の眼前に立っていた奥さんが、テーブルにコーヒーを置きながら言った。

「え……なんで……」

「泣きそうな顔で聴き入ってたから、気に入ったのかなあと思って。沁《し》みるよねえ」

彼女の言う通りこの曲の歌詞が沁みまくって刺されまくっていた私は、感傷に浸っていたせいか、彼女のちょっとマイペースっぽいのんびりした喋り方と声音に気が緩んでしまった。

「あの……変なこと訊いてもいいですか」

「ん？」

「彼女がいる人を好きになったこと、ありますか？」

どうして私は、二回しか会ったことのない人にこんな質問をしているのだろう。

だけどひとりでぼうっとしていたら、波瑠と彼女の顔が脳裏をちらついて仕方ない。

「あるよー。何年も前だけど」

「どうなったんですか？」

「だめだった」

即答されて、私はがっかりした。

ハッピーエンドが語られることを期待していたのだ。

なんなら、実は今の旦那なの、くらい完璧なハッピーエンドを求めていた。

「でも今はそれでよかったと思ってるよ」

「え……なんでですか？」

「誰かが大切にしてるものを奪うって、当時のわたしが思ってたよりずっと重罪だから。たぶんその先に純粋な幸せはなかったんじゃないかなあって」

曲の歌詞より二十倍くらい、しかも切ないとか共感とかではなくシンプルに痛いという意味で刺さる台詞を言われて、訊いたことをちょっとだけ後悔した。

だけど、彼女の言う通りかもしれない。

仮に奇跡が起きて、波瑠が私を好きになってくれたとしても、人から大切なものを奪ったという罪悪感を背負う覚悟なんてできる気がしない。どこでなにをしていても、きっと彼女の――りりあさんの顔がちらついてしまう。

それに、たとえ罪悪感から目を逸らすことができても、恐怖から逃れることはできないだろう。

波瑠がりりあさんのもとへ戻ってしまうんじゃないか。そうじゃなくても、いずれ私を振って私と正反対の子を選ぶんじゃないか。そんなことばかり考えて自滅してしまう未来が、あまりにも容易に、そして鮮明に想像できる。

怯《おび》えずにはいられない。だって、波瑠にまでそんな仕打ちを受けたら、私は二度と立ち直れない。

〝波瑠は、私が今まで出会った男の子たちとは違う〟

いつからか、波瑠に対してそんな妄信に近い信頼を置いていたのだ。

私が知っている〝男〟と〝波瑠〟を区別して、とにかく波瑠を〝特別な存在〟にしたかった。

「まあ、ただの結果論だけど。今が幸せだからそう思えるようになっただけで、あの頃にうまくいってたら、めちゃめちゃ浮かれてたかもしれないし」

彼女は私がまだ話したがっていることを察したみたいに、私の向かいに腰を下ろした。

静かに私を見つめる彼女の瞳に吸い寄せられるように、震える唇から、ずっと詰まっていた息を吐き出した。

「早く別れちゃえばいいのにって、思っちゃうんです。どうしても、彼の幸せを願うことなんかできないんです。彼女とのことで悩んでる彼の話を聞きながら、心の中でほくそ笑んでました。さっきも、彼の彼女を見ちゃって……すっごく、可愛くて、私と正反対で。ものすごく悔しくて……ちょっとくらい欠点があるはずだって、必死に粗を探してました」

「そんなのべつに普通だよ。もちろんいいことではないけど、悪いことでもない。心の中で思ってるだけならね。人間ってそんなに綺麗な生き物じゃないよ」

「でも、私は……」

続きを言えないのは、嗚咽《おえつ》が込み上げたからなのか、それが建前でしかないからなのか。

「あ、ごめん泣かないで。泣かれるの得意じゃないから。はっきり言ってちょっとめんどくさいし困る」

「へ？　あ……す、すみません」

慌てて洟《はな》を啜《すす》る。なんだろうこの人。優しいのか優しくないのかわからない。

気を落ち着かせるため、まだ熱が残っているコーヒーを飲んでみると、びっくりするくらいおいしかった。

「彼女がいる人を好きになっちゃったときって……バッドエンドしかないですよね」

「その人がきっぱり彼女と切って自分のところに来てくれたら、それはハッピーエンドなんじゃない？　もし浮気相手にでもなっちゃったら、バッドエンド一直線だろうけど」

さっきはつい妄想を繰り広げてしまったけれど、波瑠がりりあさんを捨てて私を選ぶなんて現実的にありえない。

浮気相手にならなくたって、バッドエンド一直線だ。

「土壇場で理性を保てる人は、きっと幸せになれるよ。——今好きな相手とではないかもしれないけど」

最後に彼女が言ったその台詞が、やけに耳に残った。

会計を済ませて外に出る。

——でも、私は。

ただ、好きな人のそばにいられたらいい。そう思えるくらい、心の綺麗な人間になりたかった。好きな人の幸せを願える人間になりたかった。まるで、少女漫画のヒロインみたいに。

そう、私は結局羨《うらや》ましいのだ。

私の黒い感情は独断や偏見だけじゃない。

大半を占めているのは、ただの僻《ひが》みだった。

純粋に景色に感動する子もいる。心の底から悩んでいて、純粋に相談に乗ってほしい子もいる。ただ彼のことが本当に好きで、甘えたくて我儘を言ってしまう子もいる。だけど、目や耳に入る女の子たちを全員打算塗れの悪女に仕立て上げたかった。そうであってほしかった。じゃないと、自分がどうしようもないクズな気がしてうまく息ができなかった。

だから、心の中だけでいいから、仲間を作りたかった。

同じくらい、そういう女の子になりたかった。

〝嫌い〟と〝憧れ〟は紙一重なのかもしれない。

強烈に僻んで、強烈に憧れていたのだ。

＊

初めて彼女を見た日から一か月、私と波瑠はただのバイト仲間に戻っていた。

あからさまに避けたりしているわけじゃない。バイトで会えば雑談もするし、飲み会で顔を合わせれば笑い合う。

ただ、ふたりで飲みに行かなくなっただけ。

なのに、前よりもずっと距離を感じてしまうのはどうしてだろう。

少し前の私たちに戻っただけなのに。もともとこれが私たちの適切な距離なのに。

「明さーん。十一番テーブルお願いしていいですかー？」

マヤちゃんに言われてぎょっとした。来店したときはすでに泥酔していた、つまり一番関わりたくない類いの男三人組がいる席だ。

げっそりしながら「わかったよ」と答えた。私に拒否権などないのだ。それに断ったって、どうせ今度は店長にお願いされる。

今日シフトが入っている男の子は波瑠だけなのに、さっきゴミ捨てに行ったばかりだ。質《たち》の悪そうな客がいる席に易々と可愛い女の子を放り込むわけにいかない。変に絡まれる可能性がほぼ皆無な私が行くしかないのだ。

と思っていたのに、

「お姉さん、一緒に飲もうよー」

注文の品を運ぶと、まさかのナンパをされてしまった。

完全にミスった。想定外すぎるし、ナンパなんてほとんどされたことがない私は対処法を知らない。

「す、すみません、仕事中なんで……」

「いいじゃんいいじゃん」

「客も全然いないし暇っしょ？」

「やっぱ女の子いないと盛り上がんねえんだよー。奢《おご》るから飲も飲も！」

腕を掴《つか》まれて全身が強張った。今すぐに逃げ出したいけど、振りほどいてきっぱり断りでもすれば『ブスのくせに調子乗んな』だとか罵《ののし》られるかもしれない。

これは単なる被害妄想じゃなく、実際にそういう経験があり、それが記憶に色濃く残っているのだ。あの日の私は、遠恋中だった彼氏と久しぶりに会うため、精一杯のお洒落をしていたのに。

私の顔がマヤちゃんやアイミちゃんくらい可愛ければ、怒って、厨房に戻ってから愚痴って、あいつらこそ不細工のくせに調子乗んなよとか笑って、明日には忘れているかもしれない。

だけど私はそんな風にできない。明日には忘れられる自信もない。

想像しただけで傷口が開きかけてしまっているのだから。

「お待たせしました」

いつかみたいに、後ろから強い口調で波瑠が割り込んできた。手にはきついアルコールの匂いしかしない、茶色い液体が入ったジョッキを三つ持っている。

「頼んでないけど……」

「あれ？　すみません、間違えたみたいで。あ、よかったら飲んじゃってください。サービスです」

強引にジョッキをテーブルに置き、掴まれていた腕を引っ張る。男の手がするりとほどけ、今度は波瑠が私の腕を掴んで歩きだした。

助けて、くれた……？

「あ……」

ありがとう、と言いかけて、口ごもってしまった。

お礼を言ったとき、波瑠は決まって優しく微笑む。

今はその笑顔を見たくなかった。

「あれ、中身なに？」

「メキシコーラ。ちなみにテキーラが八。さっさとぶっつぶして帰そうと思って」

「べつにそんなことしなくても……来てくれなくてもよかったのに。あんなの適当に流しとけばいいんだし」

「流せてなかったじゃん。しつこかったから、危ないなと思って」

「でもあんな強引な接客はよくないでしょ。下手したらもっと大変なことになってたかも。最悪殴られちゃったり」

「俺が殴られて明が解放されるなら、それでよかったんだよ」

厨房に着いても、波瑠は私の腕を離さなかった。

こっちを向いて、じっと私の目を見つめた。

「ていうのと、ひとつ貸しを作りたかった。明が断れないように」

「貸しって？」

「今日、飲みに行かない？」

なにを言ってるんだろう。

借りがなくたって、私は断れないのに。

距離を置くふりをして、波瑠がそう言ってくれる日を待っていたのだから。

「……うん」

だめだ。どうしても、無理だ。

好きな人の幸せを願える人間になんかなれっこない。

波瑠が、好きで好きで、もうどうにもならない。

六月中旬ともなれば、夜でも夏の気配は濃い。

初めて波瑠とふたりで歩いた日とは打って変わって、パーカーを着ていると暑いくらいだ。もちろん私の体が寒さに震えることも、波瑠が私のためにアウターを脱ごうとすることもない。

もしも、波瑠とふたりでいることに慣れつつあったときに——少なからず自惚《うぬぼ》れてしまっていたときに、アウターを差し出されていたら。

もしかすると私は、受け取っていたかもしれない。

「ここでいい？」

波瑠が選んだ場所は、まさかの『喫茶こざくら』だった。

奥さんが私の話を覚えていたら、あのときの〝彼女がいる好きな人〟が波瑠だということは秒でばれるだろう。助言したのに結局浮気相手になってバッドエンド一直線かよ、とか誤解されるかもしれない。とはいえ他にちょうどよさそうなお店が思いつかないから、波瑠に続いて恐る恐る入った。

「いらっしゃいまー……せ」

いつも唯一にこやかに迎えてくれていた奥さんが、波瑠の姿を認めた途端に表情をなくした。めちゃめちゃ顔と態度に出る人らしい。

本当に秒でばれてしまったなと恥ずかしさを覚えつつ、波瑠をガン見している奥さんに『お願いだから余計なことだけは言わないでください』と切なる願いを込めて深く頭を下げた。

今日は先客がいた。奥の窓側のテーブル席に、なにやら深刻そうな顔をした男女が座っている。

他にもテーブル席は三つ空いているのに、今日も波瑠は迷わずカウンター席に座った。隣に座って、やはり波瑠をガン見する奥さんに注文を伝えた。

厨房から「気になる……」「だめだよユキちゃん」「でも気になるよね……」「プライバシーの侵害だよ」と聞こえくるひそひそ話に肝を冷やしながら、ビールが運ばれてくるのを静かに待っていたとき。

「――俺とも遊びだったの？」

耳に飛び込んできた男の人の声に、思わず視線を向けてしまいそうだった。

どうして私は、赤の他人の台詞に動揺しているんだろう。

波瑠に遊ばれているなんて思っていないのに。私たちはただの友達なのに。

動揺を隠しながらビールを受け取り、波瑠と乾杯をする。

折り入って話があるのかと思ったのに、波瑠はたわいもない話題を次から次へと私に投げかけるだけだった。不思議に思いながらも、どうしたの、と訊く勇気はなかった。

「よっしゃ、次どこ行く？　カラオケでも行く？」

店を出た途端に波瑠がふらついて、とっさに体を支えた。さすがに飲みすぎたのだろう、お手本のような千鳥足だ。珍しく浴びるようにお酒を飲み続けていたから無理もない。

今日の波瑠はどう考えても様子がおかしい。お酒の量もそうだけど、やけに饒舌《じょうぜつ》だったし、なかなか帰ろうとしなかった。

「なんでそんな……飲みすぎだよ波瑠。もう帰ろう」

「だって」

立ち止まった波瑠は、くずおれるようにふらふらと地面に座り込んだ。

「今日が終わったら、もう俺と飲んでくれないだろ」

返答に窮する私を、波瑠がゆっくりと見上げた。

目が合ったとき、まるで金縛りに遭ったみたいに体が硬直した。

波瑠の目が、言葉が、単なる友達に向けるそれではないことはわかった。

私を見つめる波瑠の視線から逃げることなんて、私にはできなかった。

少しずつ近付いてくる波瑠の唇から、目を離せなかった。

ここで受け入れたら、きっとホテル直行なのだろう。

「――明」

簡単なんだろうな。

このまま流されて、キスをして、ホテルに行く。

そうすればこの場の欲求は満たされる。

無謀な片想いがちょっとは報われたように錯覚できる。

彼女に対しての罪悪感なんて、きっと抱かれた瞬間に優越感に変わる。

現実に戻ったあとに芽生えるだろう痛みを抱えて、それでもまた会えば当然のように抱かれる。

楽なんだろうな。

彼女の存在をガン無視してるくせに自分のことを棚に上げて悲劇のヒロインぶればいいんだから。

流されることほど簡単で楽なことはないのかもしれない。少なくとも今の私にとっては、浮気相手になるよりも波瑠を拒む方がよっぽど難しい。そうした瞬間、今度こそ本当に終わりなのだから。

きっと、どっちを選択しても終わることには変わりない。

だけど今受け入れてしまえば、延長戦に突入することはできる。

終わりに怯えながらも、波瑠といられる。

——だけど。

これは金縛りなんかじゃない。
動けないわけがない。
私自身がこのまま流されてしまいたいだけだ。
「……明？」
視線を波瑠から逸らせないまま、それでも私の手は波瑠の口を押さえていた。
私たちの顔は、手がぎりぎり挟める距離にまで達していた。
「だめ」
私はたぶん、けっこうクズだ。
ちっともサバサバしていない。
そういうふりをしているだけで、心の中では常にドロドロの液体が渦巻いている。
だけど、本物のクズにはなりたくない。
二番目の女になんかなりたくない。
――私とは遊びだったの？
いつかそう言ってしまいそうで、怖い。
自分でも嫌になるくらい、私は弱い。
波瑠の幸せなんか、一生かかっても願えない。
それでも、まだかすかに残っているプライドを守るために。

ちょっとくらいかっこつけることはできる。

ちょっとくらい強がることもできる。

「波瑠は今、彼女に――りりあさんに不満があるから、他の女に目移りしちゃってるだけ。ちゃんと考えてみて。一番大切なのは誰か。今りりあさんを裏切ったら、絶対に後悔する」

彼女がいるくせに他の女に手を出すような男になってほしくない。

今はただ、彼女への不満が爆発しているときに優しくしてくれる女がいたからちょっと流されただけの、酔った勢いで雰囲気に呑《の》まれただけの、ごくごく普通の男の子でいてほしい。

どうかクズにならないでほしい。

私だって、自分の好きになった人がクズだったと思いたくない。

今の出来事も、波瑠の悲しそうな表情も、全部見なかったことにするから。

「帰ろう、波瑠」

ちゃんと、りりあさんのもとへ帰って。

どうか、私が好きになったままの波瑠でいてほしい。

波瑠と過ごせた日々を、大切な思い出として残したいから。

＊

バイトを辞めた。

失恋くらいで三年も続けていたバイトを辞めるなんて馬鹿馬鹿しいし、仮に社会人だったら失格にも程があるとは思うけど、とても耐えられそうになかった。もう友達のふりをして波瑠に接することなんて――またふらりと彼女が現れることに怯えながら働くなんて、私には到底できなかった。

次のバイト先は探さなかった。どうせもうすぐ卒業なのだから、残り少ない学生生活を満喫するのもいいだろう。

明日から始まる大学最後の夏休みは、これでもかというほど遊び呆《ほう》けてやろうと思う。

波瑠を思い出す暇なんかないくらいに。

「ねえ明、見てこれ。やばい。めっちゃ泣いた」

講義が終わって校舎を出たとき、友達が小走りで駆け寄ってきた。『めっちゃ泣いた』のはついさっきなのだろうとわかるほど目が真っ赤だ。彼女もたった今まで講義を受けていたはずなのに。

スマホを向けられて画面を見れば、表示されているのは動画のサムネだった。

一時間と長めだけど、投稿用に編集した動画ではなく、ライブ配信のアーカイブらしい。投稿日は一か月前。再生回数は五十万を超えている。

四角い枠の中心にいるのは、りりあさんだった。

「ちょっとガチで泣くから明も観て。てか観よ」

思い出し泣きしかけている友達は、場所を移動することなく、私の狼狽《ろうばい》にまるで気付かないまま強引に動画を再生した。

動画の中でりりあさんはお酒を飲みながら楽しそうに話し、やがて『りりあちゃんの昔の話とか聞いてみたい』という閲覧者からのコメントに答えるべく、自身の過去に触れていく。

昔から人間関係を築くのが苦手で、そのせいか人の顔色を窺う癖がつき、そんな自分が嫌いだったこと。高校に入ってから彼氏ができて、彼のおかげで少しずつ自分を好きになれたこと。

『りりあちゃんって彼氏いたんだ！』『どんな人？　彼氏の話聞きたい！』『ラブラブでいいな〜』と流れてくるコメントに、最近やっと癒《い》えつつあった胸に痛みが走る。

集中している友達には悪いけど、今はまだこの話を聞ける自信がない。

用事があるとでも嘘をついて去ろうか悩んでいると、

『あー……はは。実は、つい最近別れちゃって』

予想だにしなかった返答に、思わず「え？」と声が漏れた。

食い入るように画面を見つめる。『なんで別れたの？』と怒涛《どとう》の質問が押し寄せても『個人的なことなので、ごめんなさい』と答えるだけで、彼女の口から別れた理由は語られない。

だけど、りりあさんの目には涙が滲《にじ》んでいた。慌てて上を向き、洟を啜ってすぐに再び画面を向いた彼女は、バイト先で見たのと同じ満点の笑顔で『もう大丈夫だよ』と答えた。

その後も話を続けるりりあさんの声は、もう私の耳に入ってこなかった。

波瑠は、りりあさんと別れていた。配信日からして、たぶんあのあとすぐに。一瞬見せた彼女の涙と『もう大丈夫』という返答からして、まさか波瑠がりりあさんを振ったのだろうか。

私が原因なんじゃ——と考えてしまうのは、自惚れにも程があるだろうか。だけど、彼女の様子やタイミング的にそう考えずにはいられない。

波瑠に会いたいという気持ちがないと言えば、それは嘘だった。

もしもこの動画をひとりで観ていたら、気持ちを抑えきれずに連絡していたかもしれない。会いに行っていたかもしれない。

だけど今、私の腕には絶賛号泣中の友達がしがみついているから、振りほどくわけにもいかなかった。

ふう、と息をつく。

大丈夫。私はちゃんと、この気持ちを抑えられる。

私の恋は、あの日に終わっている。渾身《こんしん》の力を振り絞って、自分自身で終わらせたのだ。波瑠と過ごした日々は、あの日願った通り、ちゃんと綺麗な思い出として残っている。

もしもあの日流されていたら、きっとこんな風に思えなかった。

りりあさんも、波瑠も、いつかきっと憎んでしまっていた。

今走りだしたら、あの日の頑張りが全て無駄になってしまう気がした。

私がトリップしている間に動画はずいぶん進んでいた。りりあさんは時折声を詰まらせながら、過去から現状について、そして今後の目標を語り終え、動画が終了した。

「ね、泣けない？　泣けるよね？」

どう見ても泣いてないだろと思いつつ、

「感動した」

引くほど号泣している彼女にちょっと笑って、素直な感想を口にした。

りりあさんが人間関係を築くのが苦手だったというのも、自分が嫌いだったというのも信じられない。どこぞのご意見番大御所女性タレントが言っていたように、キラキラしている女の子たちは、ちやほやされながら順風満帆に生きてきたのだと思っていたのに。

だけど、そうじゃなかった。私と同じように、自信をなくしたり思い通りにいかず悩んだりすることもあるんだ。私はずっと、人の上辺ばかり見ていたのかもしれない。

もう誰かに嫉妬ばかりするのはやめよう。

妬《ねた》んでしまう自分の弱さを受け入れよう。

僻むよりも、自分を好きになる努力をしよう。

大丈夫。時間はかかるかもしれないけど、いつかきっとできる。

——ちゃんと考えてみて。一番大切なのが誰か。

あの瞬間、ちょっとだけ自分を好きになれた気がするから。

ただそれだけのこと

〈こんな時間にごめん。話があるんだけど、今から会えない?〉

寝落ち寸前だった私は、スマホに届いたメッセージを読んだ瞬間にベッドから飛び起きた。

メッセージを送ってきた相手は、私の好きな人だ。

〈大丈夫だよ。うち来る? それとも私が行こうか?〉

〈いや、外で話そう。俺が泉《いずみ》んちの方まで行くから〉

好きな人こと蛍太《けいた》から続けて送られてきたのは〈喫茶こざくらって店わかる?〉という一文と位置情報だった。まったくもって聞き覚えのないお店だし、URLは貼られていない。

位置情報を確認してみると、私のアパートのすぐそばにあるようだった。一応スマホで検索をかけたけどほとんど情報が出てこないから、あまり知られていないこぢんまりとしたお店なのだろうと予想できた。

いや、場所なんてどうでもいい。

重要なのは『話がある』の部分だ。

蛍太を好きになってから、ただ黙って片想いをしていたわけじゃない。

私たちは、セフレだった。

超特急でメイクをして、十パーセントの期待と九十パーセントの不安を抱えながらアパートを出た。

昼間の感覚で半袖のまま飛び出してしまったけれど、ちょっと肌寒い。季節の変わり目は寒暖差が激しすぎて困る。薄手のカーディガンでも取りに戻るべきか少し悩んで、蛍太に早く会いたい気持ちが勝《まさ》ったから我慢することにした。

位置情報を頼りに歩いていく。やがて見つけたのは、予想通りこぢんまりとした佇《たたず》まいの、クリーム色を基調とした可愛らしい外観のお店だった。

店内に入ると、カウンターの奥で男性がコーヒーを淹れていた。彼は私をちらっと見てすぐに目を逸らす。『いらっしゃいませ』すら言ってくれないことに戸惑っていると、今度はカウンターから警戒心と歯を剥き出しにしているチワワがトコトコやってきた。

なんだか変なお店だ。蛍太はなぜこのお店を指定したんだろう……。

しばし放心していたとき、厨房からエプロンをした女性が顔を覗かせた。今にも私に襲いかかってきそうなチワワを、後ろからひょいっと持ち上げる。

「いらっしゃいませー。ごめんねー、この子警戒心強くて。噛《か》みはしないから安心して」

「あ、いいえ、大丈夫です……」

「まあんまり人懐っこくても困るんだけどねえ。番犬だし」

チワワが？

なにやら不思議な世界に迷い込んでしまったような心地になりつつ、気を取り直して待ち合わせだと伝える。

「泉、こっち」

蛍太の声がして後ろを向くと、奥のテーブル席に座っている蛍太が片手を上げていた。

店員さんに断って奥へ進み、蛍太の向かいに腰かけた。メッセージを読んだ瞬間から落ち着かない心臓がさらに騒がしくなる。

「待たせちゃってごめんね」

「いや大丈夫。俺も今来たとこだから」

口角を上げた蛍太の前にあるグラスの水は半分ほど減っているし、結露ができている。今来たところというのが嘘なのは明白だった。

私が来るまで注文せずに待ってくれていたのだろうか。

小さな優しさに、胸がきゅっと高鳴った。

大学の後輩である蛍太とは、一年前、二年の春にサークルで知り合った。しばらくは飲み会で顔を合わせる程度だったけれど、五か月前、個人的に親しくなるという段階をすっ飛ばして体の関係を持ったのだ。

その日ちょっと落ち込んでいた私はサークルの新年会で泥酔し、たまたま隣に座っていた蛍太が介抱してくれて、家まで送ってくれて――という、なんともありがちな展開だ。

お互い恋人がいないのをいいことに、その後も何度か同じことを繰り返しているうちに、私は蛍太のことを好きになってしまった。だけど告白はできず、気持ちを自覚してから二か月が経った今も、セフレ以上恋人未満の関係が続いている。

今日でそれも終わるかもしれない――なんてメッセージを読んだ瞬間に抱いた十パーセントの期待は、すでに薄れていた。

口角を上げている蛍太の表情は、硬いうえに暗い。

瞬時に重苦しくなった空気を和ませるかのように、女性の店員さんが私の前に水を置いた。

「ご注文は？」

「あ……まだ決まってないです」

「決まったら声かけてね」

はい、と答えてメニュー表を開く。

喫茶店なのにお酒の種類が豊富だ。一杯くらい飲もうかと思ったけれど、これから話すことはお酒を酌み交わしながらするような内容じゃないことは感じ取れたし、注文したところできっと飲み干す前に話が終わる。蛍太が注文をしていなかったのも、優しさじゃなくそういう理由だったのかもしれない。

喉なんか乾いていないのに、目の前に置かれた水を飲んだ。

「それで、話って?」

平静を装って問うと、蛍太は目を伏せて口を開いた。

「バイト先に、泉と同じ高校だったって子がいるんだけど。……高校時代の話、ちょっと聞いちゃって」

かすかに残っていた、往生際の悪い期待が砕け散った。

やはり付き合うどころか終わるのだと確信した私は、言葉を返せなかった。

私たちの沈黙を破るように、カップルらしき男女が来店する。カウンター席に肩を寄せ合って座った。

その奥では、店員さんたちが楽しそうに話している。ふたりの薬指には指輪があるから夫婦なのだろう。旦那さんは、さっきの私への超塩対応が嘘みたいに優しく微笑んでいる。警戒心と歯を剥き出しにしていたチワワも、奥さんに抱っこされながらべロを出して全力で尻尾を振っていた。

いいなあ、みんな。幸せそうで。

「どこまで聞いたの？」

無意識に発した台詞は、蛍太が聞いたであろう話を肯定したようなものだった。

蛍太もそれに気付いたのか、項垂れるように頭を下げた。

そして数秒間の沈黙を置いてから、力なく呟いた。

「……誰とでも寝る女だ、って」

やや語弊があるけれど、「そっか」とだけ返した。

驚きは微塵《みじん》もない。〝高校〟というキーワードが出た瞬間から、蛍太がなにを聞かされたのかは予想がついていた。

当時の私のあだ名は〝クソビッチ〟だったのだ。


ビッチ、というのは、一般的には〝誰とでも平気で寝る女〟のことを言うのだろう。だとしたら私は、少なくともそのあだ名をつけられた当時はビッチではなかったと思う。

だって私は、性に奔放というほどではなかった。

誰とでもできるわけじゃないし、それなりに好意がある人としかしたくなかった。

ただ人よりもちょっと〝好意〟の基準が低く、なおかつ体を許すスピードが速かっただけ。

だけど、私がやっていることはそんなに悪いことなのだろうか？ べつに誰かから奪ったわけじゃない。ただ好意はあるけど付き合ってはいない人としているだけ。

それがだめなら付き合えばいいのだと思った。だから当時のセフレに付き合いたいと言ったら、ビッチとはさすがに付き合いたくないと言われた。学んだのは、一度セフレ認定されてしまえば彼女への昇格が難しくなるということだった。

だから思うままに過ごしていたら、いつの間にか噂《うわさ》に尾ひれがついて広がり、私の周りには誰もいなくなった。

もしあの頃に今みたいな状況になっていたら、私はたとえ苦し紛れでも言い訳ができただろう。

だけど今は、とてもできなかった。できなくなってしまっていた。

居心地が悪い地元を離れて札幌の大学に進学すると、似たような価値観の子がちらほらいた。生きづらさは軽減したけれど、寄ってくるのは私と同類の軽い男ばかりになった。そして私も割り切って過ごすようになった。

つけられたあだ名に引っ張られるように、正真正銘のクソビッチになってしまったのだ。

だから、

「俺とも遊びだったの？」

こう言われるのも無理はない。実際、蛍太とだって最初はなにも考えずに寝たのだ。アルコールのせいでちょっと意識が朦朧《もうろう》としていて、なおかついつもよりちょっと性欲が高まっているときに、自分の部屋に顔がまあまあタイプな男の子がいた。抱きついてみたら、彼も私の背中に両腕を回した。キスをしてみたら、彼の腕に力がこもった。だからそのまま欲求を満たした。

あのときは、ただそれだけだった。

「だから付き合おうとかそういうのなかったの？」

顔を上げた蛍太は、憂いを帯びた目で弱々しく問いかけた。

なに言ってるんだろう。確かに誘ったのは私だったけど、その言葉を言わなかったのはお互い様なのに。ていうか、散々人の体まさぐっといてなに被害者ぶってるんだろう。

言い返してやりたいのに、私の口はうまく開かなかった。

「もしかして……俺以外にも男いたりする？」

黙している私に痺《しび》れを切らしたのか、憂いを帯びていた目つきがやや鋭くなる。

私は器用でもマメでもないから、二股はできない。したいと思ったこともない。ついでに言えば、彼氏がいるときに浮気をしたこともない。

だけどそんな事実、今はなんの意味も持たないのだ。

重要なのは、私が数々の男と寝てきたという事実だけ。

今よりは多少ましだった高校時代だって、好意といっても顔がちょっとタイプだとかわりとノリが合うとか、ほんの些細なものだった。少なくとも、本気で好きなわけじゃなかった。蛍太を好きになった今、心からそう思う。

とにもかくにも、私が弁解したところで信じてもらえないだろう。

蛍太と出会って変わったんだよ、なんて。

「……なんで答えてくれないんだよ」

答えないんじゃない。答えられないのだ。

私がなにを言おうと、その瞬間に終わってしまうのだから。

蛍太を失ってしまうことが、どうしようもなく怖いのだから。

こんなの、ただの時間稼ぎでしかないとわかっているのに。

「俺は……泉のこと、好きだった」

無意識なのか故意なのか、私がほしかった台詞はすでに過去形だった。

できれば現在進行形で聞きたかったけど、蛍太の中で過去形にさせてしまったのは他でもない私自身だ。

蛍太が私を好きでいてくれていることくらい、わかっていた。

なんとも思っていない女を平気で何度も抱くような男じゃないことくらい、初めて寝たときからわかっていた。たくさんの男と寝てきた私にとって、相手が経験豊富か否かを見極めるのは容易なことだ。

だからこそ、好きだなんて言えなかった。

過去を隠したまま付き合うなんて、騙すみたいなことはできなかった。

いつかばれるんじゃないかと怯えながら、蛍太の彼女になる自信がなかった。

だけど、自ら打ち明けることはもっとできなかった。

蛍太が好きだと自覚したとき、蛍太も私を好きでいてくれていることに気付いたとき、順序を間違えてしまったことをどれほど後悔しただろう。

「ちゃんと言わなかった俺も悪いけどさ。……俺の気持ち、泉はわかってくれてると思ってたから」

俺も悪い、ということは、私も悪いというわけだ。いや、最後の良心なのか予防線なのか言葉を濁してくれたけど、心の中では全力で私を責めているのだろう。

私も私だけど、蛍太も蛍太だ。

ちょっと一方的な物言いに、ちゃっかり自分のことを棚に上げて遠回しに私を責める姿に、いっそのこと幻滅してしまいたかった。

「——レスなの」

ふいに、さっき来店した、斜向かいの席に座っている女の子ふたりの会話が聞こえてきた。

「半年くらい前から、なんだけど、その、……してくれなくなっちゃって」

私に背中を向けて座っている彼女の声は小さく、そして震えていた。顔を見なくても真剣に悩んでいることが伝わってくる。

だけど私の率直な感想は、羨ましい、だった。

たとえ深刻な悩みを抱えていようと、好きな人と一緒にいられるのだから。

私はもう、それが叶わないのだから。

そう、どうせ終わるのだ。なにより、いつまでも黙っているわけにはいかない。

覚悟を決めて、口を開いた。

「私、も」

——蛍太のこと、好きだよ。大好き。

最後まで言えなくて、私は結局また口を閉じた。

私は知っているのだ。体を許したあとに、ましてやクソビッチと噂されているような女が好きだと言っても信じてもらえないことを。

だったら、適当に遊んであっさり捨てる文字通りのクソビッチを演じてみようか。

蛍太だっていい思いをしてきたはずだし、それくらいのことをしても罰は当たらない。

そう、思うのに。

「訊きたいんだけどさ」

わずかに震えてしまう唇をぎゅっと結んでから、蛍太を見据えた。

「私の話、信じてくれるの？」

どうして私は、こんなことを口にしているのだろう。

ばれちゃったかあ、なんかごめんね、とか言って、笑って、この場を去ればいいのに。

「他に男なんかいないって、蛍太が好きだって言ったら、信じてくれる？　付き合ってほしいって言ったら、彼女にしてくれる？」

死の直前には走馬灯が見えると聞くけれど、死に限らず、終わりを覚悟した瞬間に見えるものなのかもしれない。

だって今、私の脳裏には、蛍太と過ごした日々の映像が流れている。

あまりにも場違いな、幸せすぎる映像が。

――泉の地元にもいくつか大学あるよな。なんで札幌にしたの？　なんかやりたいことあるとか？

あれは何度目に寝たときだっただろう。

蛍太は実家暮らしだから、ひとり暮らしをしている私の部屋を物珍しそうに見渡した。

――違うよ。地元は……なんとなく、居心地悪くて。

――あー……そっか。

蛍太は理由を問うことなく、私の頭を撫でた。

――いいよな、ひとり暮らし。俺も大学卒業したら実家出るつもりだけど。

――おすすめだよ。楽だし。……たまに、すっごい寂しくなるけど。

あの日も私は酔っていたのだ。だから、私の体に触れるときとは違う手つきにどうしようもなく安心して、ほんの少し気が緩んで、つい口走ってしまっただけ。

ただ、それだけだった。

――寂しくなったら俺のこと呼んでよ。

――え？　なんで？

――ふたりなら寂しくないだろ。

あの日のことを、蛍太は覚えているだろうか。私とした何気ない会話なんて、ましてや情事後の会話なんて、もう忘れているだろうか。

覚えているとしても、地元は居心地が悪いと言った理由に勘付いたかもしれない。だとしたら、忘れてくれている方がいい。私だって、できることなら全部忘れてしまいたい。

寂しいなんて言わなければよかった。蛍太の言葉を真に受けて、寂しい夜に電話したりしなければよかった。本当に来てくれた蛍太に抱きついたりしなければよかった。体調を崩して大学を休んだ日、息を切らして突然訪問してきた蛍太を部屋に上げたりしなければよかった。蛍太が作ってくれた、なんだかドロドロしているうえにほぼ無味のおかゆなんて食べなければよかった。

勇気を振り絞って、覚悟を決めて、せめて自分で過去を打ち明けていたら、今頃どうなっていたんだろう。

その瞬間に終わりを迎えていただろうか。それとも、他人の口からばらされるよりは多少ましだっただろうか。今とは違う結果になっていたのだろうか。

たられればなんて、なんの意味もないのに。

「……ごめん。全部を信じられないわけじゃないけど……俺には、泉の過去ごと受け入れる自信がない。正直、付き合っても……泉をちゃんと信用できないと思う」

さっきよりも力なく呟いた蛍太は、もう私を見ていなかった。

私はどうしてショックを受けているんだろう。答えなんか聞くまでもなくわかっていたはずなのに。

砕け散った期待の破片が、まだどこかに刺さっていたのだろうか。

「うん、いいよべつに。私こそ、なんか騙してたみたいでごめんね」

蛍太はまるで自分が振られたみたいな顔をして、私の顔を見ないまま店を出ていった。

私もさっさと帰ろうと思うのに、なぜか体が動かない。どこにも力が入らない。しばらく呆然としていると、突然目の前にホットコーヒーが置かれた。びっくりして顔を上げれば、奥さんがいつの間にかそこに立っていた。

「えっと……頼んでないですけど」

「サービス。コーヒー嫌い？」

「コーヒーは好きですけど……」

「旦那が淹れるコーヒーめちゃめちゃおいしいから、よかったら飲んで」

「あ、ありがとうございます。いただきます。でもなんで……」

「ごめん、話聞こえちゃってて」

そりゃ聞こえるだろうな。

他のお客さんたちも私の失恋現場に立ち会わせてしまって、恥ずかしいようなちょっと申し訳ないような心地になる。

だけど話が聞こえていたこととコーヒーをサービスしてくれることはつながらない気がする。

戸惑いながら彼女を見上げると、

「かっこよかったから」

なぜか勝ち誇ったような笑みを見せて、旦那さんとチワワのもとへ戻っていった。

びっくりするくらいおいしいコーヒーを飲み干し、お礼を言って店を出た。

こんなときは雨が降るのだと相場が決まっているはずなのに、顔を上げれば嫌みなくらい満天の星だった。

「やり直せたら、いいのになあ」

星空に向けてひとりごちてから考える。

やり直すって、どこからだろう。私はどこからやり直したいんだろう。どこからやり直せばいいいんだろう。

蛍太が好きだと自覚して、過去を隠すと決めたとき？

酔いつぶれて、欲求のままに誘ってしまったとき？

大学に入って、体目当てで寄ってくる男にほいほいついていくようになったとき？

高校生の頃、ちょっといいなと思う男と安易に寝るようになったとき？

中学生の頃、付き合ってもいない男に初めてをあげたとき？

馬鹿げている。こんなことを考えだしたら、私はもはや生まれた瞬間からやり直すしかない。

いや、こんなことを考える時点で馬鹿げている。

やり直せるはずがないし、過去はどう足掻《あが》いたって変えられないのだから。


アパートのドアを開ければ、私を迎えてくれたのは暗闇と静寂だった。

――ふたりなら寂しくないだろ。

私の寂しさを埋めてくれたその人は、何倍もの寂しさを置いていった。

さっさとお風呂に入って、寝る準備を済ませてから、コンビニで買ったお酒とおつまみをテーブルに広げた。今日は好きなだけ飲んで倒れるように眠りたい気分だった。

――酒弱いんだからあんまり飲むなって。

――いいじゃんべつに。家だし。

――外でも同じだろ。飲み会のたびに泥酔してんじゃん。

――大丈夫だよ。記憶飛んだり道端で寝たりしないから。

――そうじゃなくて。……他の男に隙だらけの姿見せてほしくないっつってんの。

テレビをつけても放送されているのはニュースばかりで、暇つぶしには物足りなかった。映画でも観ようと、ネット配信サービスをつける。トップには泣けると話題の恋愛映画が表示されていた。

号泣必至だとかいう謳《うた》い文句にはまったく興味がないし、この手の恋愛映画で泣いたこともない。どちらかと言わなくてもアクション映画の方が好きだけど、たまにはこういうのも悪くないかもしれないと思って再生した。

さすがフィクションと言わんばかりの運命的な出会いやゆっくりと愛を育んでいく退屈な過程や謎のすれ違いをぼんやり眺めながら、お酒とおつまみを交互に口に運んだ。

ふいに、頬に冷たいなにかが伝った。

――全部を信じられないわけじゃないけど……俺には、泉の過去ごと受け入れる自信がない。正直、付き合っても……泉をちゃんと信用できないと思う。

胸中でつい八つ当たりをしてしまったけれど、蛍太を責めるつもりはさらさらない。今まで寝た男は数知れず。そんな女を彼女にしたがる男がどこにいるというのだ。私だって、蛍太の立場ならきっと似たような台詞を吐いただろう。

過去は変えられない。全ては自業自得。こうなってしまうのは仕方がない。だから言い返したりしない。被害者面をするつもりもない。

目からこぼれたなにかが止まらないのは、ただ予想より面白かった映画にちょっと感動してしまっただけ。

そう、ちょっとだけ映画に影響されて、綺麗事に塗れたフィクションの世界に浸って、さらにはアルコールが回って意識が朦朧としているだけだから。

ひとつだけ、馬鹿みたいな夢を見るくらいは許してほしい。

私の過去も全てを知ったうえで、過去なんて関係ない、今の泉が好きだよって、丸ごと受け入れてくれる。

そんな人と出会える日を。

愛とセックスはイコールだと思ってた

玄関のドアを開けると、空腹を心地よく刺激する香りが鼻腔《びくう》をくすぐった。

その香りにつられて廊下を歩いていく。

「おかえり、ひより」

キッチンから碧仁《あおと》が顔を覗かせた。

コンロにある鍋やフライパンから、湯気がたっている。

「ご飯作ってくれたんだ」

「今日も早く帰れたから」

「ありがとう！」

碧仁に抱きつくと、頭を撫《な》でてくれた。

これは私と碧仁のルーティンと言ってもいいほど繰り返してきた、ごく自然なスキンシップだ。長時間のデスクワークで固まった体から、凝りも疲労もすうっと抜けていく。

「よし、じゃあ食べるか」

「うん！」

碧仁がお皿に盛ってくれた料理をテーブルに運び、いただきます、と手を合わせた。

おいしいおいしいと言いながら食べる私を、碧仁は微笑みながら見ていた。

端から見れば、一点の曇りもない幸せな時間なのだろう。

そう、私は幸せだ。

だから、こうして穏やかな時間を過ごせば過ごすほどもやもやしてしまう私は贅沢者なのかもしれない。

「今日は映画なに観る？」

「前から気になってた映画が配信されてたの。観てもいい？」

「いいよ」

どちらかが残業で遅くなったりしない限り、私たちは映画を一本観てから眠るのが習慣だった。正直あまり映画の趣味は合わないけれど、それでもひとりで観るよりふたりで観る方がずっといい。

一緒にご飯を食べたあと、一緒に片付けをして順番にお風呂に入り、約束通り映画を観てからベッドに入った。

喧嘩《けんか》のけの字もない、いつも通りの私たちだ。

「碧仁」

隣でうとうとしている碧仁に抱きつく。

碧仁は仕事が落ち着いているらしく、今週はずっと帰りが早かった。今日だって定時で上がったみたいだし、それほど疲れている様子はない。明日は土曜だから、お互い休みだ。

大丈夫。条件は揃っている。
今日こそ、私たちの間に空いてしまった溝を埋められる。
「……碧仁」
故意にかすれさせた声で、もう一度名前を呼ぶ。
碧仁に向けてそっと手を伸ばした。
けれど、
「じゃあ、おやすみ」
私の手が碧仁の髪に届くよりずっと早く、碧仁は私に背中を向けた。
行き場をなくした手を、布団の中でぎゅっと握りしめる。
リベンジする勇気はなかった。
碧仁は私の意図に気付かなかったわけじゃない。
その証拠に、向けられた背中からひしひしと伝わってくる。
誘わないで、と。
「……うん。おやすみ」
幸せな生活の中で、たったひとつの悩み。
それは、セックスレスだった。

三歳上の碧仁と出会ったのは、大学一年の秋。碧仁は大学の先輩だった。

友達に誘われた飲み会で知り合い、その後も集まりに参加するうちに自然と話すようになり、碧仁に連絡先を訊かれて交換した。やがて碧仁からふたりきりで会いたいと誘われた。

頷けなかったのは、私には彼氏がいたからだ。

それを知っていた碧仁は、寂しげな顔で『だよな』と呟き、以降誘われることはなかった。

それから二か月の間、ただの先輩後輩の関係が続いた。そんな私たちの仲が急速に進展したのは、飲み会の帰り道でたまたまふたりきりになった日だった。

——なんか元気なくね?

たわいもない話をしながら歩いていたとき、駅に着く手前で碧仁が私の顔を覗き込んだ。

——実は……彼氏とだめになりそうなんだよね。

足を止めた碧仁は、沈黙を挟んでからなんとも微妙な表情で言った。

——話聞くよ。俺でよければ。

——え……こんな話聞きたいの?

——正直聞きたくはないけど。だってたぶん、彼氏のことがどんだけ好きかとか、別れたくないのにどうしよう、みたいな話でしょ。

——そんなことは……ないけど。

——そうなの？　まあどっちにしろ、とにかく俺はひよりがきつい思いしてる方が嫌だなって思ったから。

碧仁の返答は少し意外なものだったけど、お言葉に甘えて聞いてもらった。

高三のときに同じクラスになり、先に好意を抱いてくれたのは彼だった。ドストレートにアプローチをしてくれて、まっすぐに私を好きでいてくれる彼の気持ちが嬉しくて、告白を受け入れた。

だけど、幸せな日々は長く続かなかった。

高校を卒業して大学が別々になると、あっという間に距離が開き、些細《ささい》なことで喧嘩が絶えなくなった。あんなに好きでいてくれたのに、ただ同じ空間にいなくなっただけで、いとも簡単に気持ちまで離れたのだ。

という話を、碧仁は相変わらず微妙な顔のまま聞いてくれた。

そして、私が話し終えたタイミングで言った。

——俺は変わらないよ。ひよりのことずっと好きでいる自信ある。だから、そいつと別れて俺と付き合ってよ。

間もなくして私は彼氏に別れを告げ、大学二年の春に碧仁との恋が始まった。

それから早四年。大学卒業と同時に碧仁が住んでいたこのマンションに引っ越し、同棲《どうせい》を始めて一年と少し。

仲がいいし結婚の話もしている。愛されているとも思う。喧嘩だって最後にしたのがいつだったか覚えていない。なんなら四年間で片手で数えるほどもしていない。碧仁はずっと大きな優しさで私を包み込んでくれていた。

ずっと、幸せだったのに。

セックスをしてくれない。

たったそれだけで、確かに感じていたはずの、四年間で積み重ねてきたはずの幸せが、全て崩れていくような心地になってしまうのだ。

＊

「ひより、どうしたの？　なんか元気なくない？」

橙子《とうこ》に肩を叩かれて、はっと我に返る。

辺りを見渡せば、ついさっき始まったばかりだと思っていた飲み会は、いつの間にか中盤に差しかかっているようだった。みんな最初に座っていた席を離れてわちゃわちゃしているし、顔が赤らんでいる。

まだ六月だし夜は涼しいのに、この座敷だけひと足先に夏が訪れたみたいに暑苦しい。すっかり見慣れた光景だ。

碧仁に背中で断られた翌週の土曜日、私は大学の同期の飲み会に参加していた。卒業後も月に一度くらいのペースで飲み会が開催されている。

今までは数か月に一度しか参加しなかったのに、ここ半年くらいは皆勤賞だ。碧仁と過ごす土曜の夜はこの上なく幸せで、同時にこの上なく憂鬱になってしまう。だから少しでも気を紛らわしたかった。

泥酔して帰って、碧仁の背中を見てショックを受ける間もないくらい、さっさと寝落ちしてしまいたかった。

「あ、ううん、大丈夫。ちょっとぼうっとしてただけ」

「そ？　ならいいけど。具合でも悪いのかと思った」

「悪いは悪いかも。実は生理中で」

「ああ。無理しないでね」

「うん、ありがと」

柔らかく微笑んだ橙子を見て、愛されている女の顔だな、と思った。昔から美人だったけど、今の彼氏と付き合い始めてからさらに色気が増した気がする。

友達に対してこんなことを考えたくないのに、どうしても思ってしまう。

ちゃんと抱かれているんだろうな、と。

「碧仁くんと喧嘩でもしたのかと思った」

「しないよ、喧嘩なんて」

「だよねえ」

橙子は中学で知り合い、それから大学までずっと一緒だった一番の親友だ。今までお互いのことをなんでも話してきた。部活の人間関係や恋愛のことも、親と喧嘩したことも、碧仁とのことも、なんでも。

だけど、そんな橙子にさえレスのことはどうしても言えなかった。

「あ、ごめん電話」

ポケットからスマホを出した橙子は、画面を見て顔を綻ばせた。

「彼氏？」

「うん。ちょっと出てくる」

「いってらっしゃい」

立ち上がった橙子を見送り、中心で騒いでいる男子グループに目をやると、夕雅《ゆうが》と目が合った。あからさまに動揺している私に、夕雅は困ったように微笑んだ。三か月前のあの日から、ずっとこんな顔ばかり見ている気がする。

するとタ雅は飲みかけのビールを片手に立ち上がり、

「なんか元気なくね？」

私のところへ来た。

「あ、ううん、大丈夫」

「ほんとに？」

「ほんとほんと。ちょっと酔っちゃったのかも」

ほんとかよ、と笑いながら、夕雅はさっきまで橙子が座っていた場所にあぐらをかく。

距離感を誤ったのか、夕雅と私の膝が触れた。

「最近ずっと飲み会来てるよな。前はたまにしか来なかったのに」

「うん……まあ」

「もしかして、彼氏となんかあった？」

「あ……えっと」

とっさにうまい言い訳が浮かばずうろたえてしまう私に、夕雅は再び困ったように笑った。

「そんな警戒しないでよ。深い意味はないから。……友達だろ、俺ら」

三か月前、私は夕雅に告白された。

学部もゼミも同じだった夕雅とは、もともと仲がよかった。碧仁と付き合ったとき、みんなに『夕雅と付き合うんだと思ってた』と言われたほどだ。

——俺、ひよりのこと好きなんだよね。

今日と同じ、飲み会の帰り道だった。

先に帰ると言った私を夕雅が駅まで送ってくれて、並んで歩いているうちにふいに手が触れたタイミングで、夕雅が唐突に言ったのだ。

——大学のときから、ずっとひよりが好きだった。

私に彼氏がいることを、夕雅はもちろん知っていた。

——ごめん。……彼氏いるから。

——いいよ。わかってるから。ずっと引きずってんのもかっこ悪いし、ケリつけたかっただけ。

夕雅を見上げたまま黙りこくっている私に、夕雅は悪戯っぽく笑って『まあ、これからも友達でいような』と言ってくれた。その約束通り、私たちはちゃんと友達に戻っている。

「なんでもないよ。ほんとに大丈夫」

全然大丈夫じゃないけど。

大丈夫じゃないときほど〝大丈夫〟と言ってしまうのはどうしてだろう。

「そっか。なんか悩んでるならいつでも話聞くから」

「うん。ありがとう」

男の子たちの輪に戻っていく夕雅の背中を見ながら、私が打ち明ければ真剣に聞いてくれるんだろうな、と思った。

だけど男友達に、ましてや好きだと言ってくれた相手に、セックスレスなの、なんてさすがに言えない。

いや、相手が夕雅じゃなくたって同じことだ。

彼氏が抱いてくれないなんて、言えるわけがない。

──俺は変わらないよ。

あの言葉通り、碧仁は変わらない。

なのに、どうしてそこだけ変わってしまったんだろう。

最初は、仕事で疲れているというありきたりな理由だった。だったらしょうがないと我慢して、それでも月に数回はしていた。だけど断られる頻度が少しずつ増えていった。一か月に一度になり、二か月に一度になり、やがて碧仁がだめになった。最後までできないのだ。

そしていつからか、背中で拒否されるようになった。

二次会が終わると同時に、橙子と一緒に帰宅した。

他のみんなはオールすると言っていたけれど、こんな気持ちじゃ純粋に楽しめないだろう。たとえどんなに楽しい時間を過ごしていても、どうしても碧仁に会いたくなって帰宅するのだけど。

そのたびに、やっぱり碧仁が大好きなんだなあ、と思う。

「ただいまー」

リビングのドアを開けると、碧仁は「早かったな」と目を丸くした。すでに寝支度を終えて、碧仁が好きなアクション映画を観ながら缶ビールを飲んでいる。その表情を見れば、好きな映画を存分に観ておひとりタイムを満喫していたことは一目瞭然だ。

こういうとき、正直ちょっと寂しくなってしまう。

私も碧仁の帰りが遅い日はひとりで映画を観たりするけれど、ひとりだと——碧仁がいないとどうしても楽しめなくて、結局橙子や友達を誘って遊びに行ってしまうのだ。

だけど碧仁は、私がいなくても楽しめている。

「早い、かな」

「終電くらいだと思ってたから。風呂入る？　俺さっき入ったばっかりだから、まだ温かいと思うよ」

「うん、入ってくる」

寝室から着替えを取って、お風呂に向かった。

――早かったな。

私は一次会で帰るときも多々あるから、二十二時なんて早いうちに入らない。ていうか、彼女が帰ってきたんだからちょっとくらい喜んでくれてもいいのに。まるで、もっと遅く帰ってきてほしいみたいだ。私がいない時間がそんなに楽しいのだろうか。――なんて卑屈になってしまう自分が、少し嫌だ。

お風呂から出ると、碧仁はもうリビングにいなかった。シンクには洗った缶が並べられている。

寝室に向かうと、碧仁はベッドに寝転がってスマホをいじっていた。どうせ先に寝ているだろうと思っていた私は、その姿にほっとしながら隣に潜った。

「なにしてるの?」

「ひより、もうすぐ誕生日じゃん。一緒に温泉旅行でも行きたいなーと思って探してた」

「そっか。嬉しい。ありがとう」

嬉しいというのは嘘じゃない。だけど前ほど素直に喜べなくなっていた。いつからか旅行は傷をえぐる旅になってしまったからだ。

たとえ非日常空間だろうと、碧仁は私を抱いてくれない。

どんなに幸せな一日を過ごしたって、一日の終わりにこの上ないくらい惨めな思いと行き場のない寂しさを抱え、すやすやと寝息を立てる碧仁の背中を見つめながら眠れぬ夜を過ごすことになるのだ。

「あと、結婚のこともそろそろ具体的に決めよっか。入籍日とか、あと式場とか？」

「……え？」

「ひより、次の誕生日で二十四だろ。俺も今年で二十七だし、そろそろちゃんとしなきゃなって」

どうしよう。うまく笑えない。

私たち、もう半年もセックスしてないのに？

このまま結婚したら、私はもう一生女として愛されることはないのだろうか。そんな漠然とした不安が脳裏をよぎる。

だって、結婚した途端に解消されるとは思えない。

「そんな……ついでみたいに言わないでよ」

声が震えないように、顔が引きつらないように、声帯と表情筋に神経を集中させて言葉を絞り出した。

「ごめん、そういうつもりじゃなくて」

「冗談だよ。寝よっか」

笑って言うと、碧仁はほっとしたように微笑んだ。

スマホをサイドテーブルに置いて、間接照明を消す。

私の誕生日のことを考えてくれている。結婚のことだって、今まではほとんど口約束だったのに、ちゃんと考えてくれていた。

このまま碧仁に抱かれて眠ることができたら、この半年間のもやもやなんて全部消え去ってしまうのに。

「――え？」

なんて考えながら目を閉じたとき、碧仁が私の上に乗ってきた。

そのまま一度キスをして、二度、三度、繰り返す。

間違いなく、過去に何度も経験してきた始まりの合図だった。

「待って、碧仁」

碧仁の唇が離れたタイミングで、ふたりの唇の隙間から声を漏らす。

これが二日前だったら、どんなに嬉しかっただろう。

「今日、私……生理」

「ああ……そっか。ごめん。……じゃあ、おやすみ」

碧仁はそう言いながら、私の隣に寝転がった。

私はどす黒い闇に包まれていく感覚を覚えながら、体を起こした。

「知ってたよね」

暗闇の中でも、碧仁の動揺が手に取るようにわかる。

「私が生理だって、知ってたよね。昨日言ったじゃん。生理きたって」

「いや……ごめん、忘れてて……」

またた。確かに感じたはずの幸せが、一瞬にして崩れていく。

――ごめん。今日ちょっと疲れてて。明日も朝早いし。

何度その台詞を聞いてきただろう。そのたびに、何度思ってきただろう。何度言いかけて、何度我慢してきただろう。

どんだけ毎日疲れてるの。今週ずっと帰り早かったのに？　今日は休みで、ずっと家にいたのに？　前はどんなに疲れていても抱いてくれたのに。なんなら私があまりそういう気分じゃなくてもお構いなしだったくせに。

生理がきたって言うたびに、ほっとした顔ばっかりしないでよ。

「なんで……嘘つくの？」

我慢しなければと張り詰めていた気持ちが切れたせいで、ごまかしが利かないほど声が震えた。

碧仁も起き上がり、私と向かい合う。

「いや、嘘じゃ――」

「なんで……私としたくなくなっちゃったの？」

「したくないわけじゃなくて……」

「だから、嘘つかないでってば！　生理のことだって忘れてたわけないよね。今日私が飲み会に行くとき、体調悪いんだから無理するなよって言ってくれたじゃん。……わざとでしょ？　できないってわかってたからキスしてくれたんだよね？　言い訳ばっかりしないでよ！」

こんな風に責めちゃだめだ。余計に碧仁の気持ちを萎《な》えさせるだけだ。

頭ではわかっているのに、止まらない。

だって私は、この半年間ずっとずっと我慢してきた。

我慢できないくらい、我慢してきたのだ。

「はっきり言ってよ。私のことなんかもう好きじゃないって、女として見れないって、はっきり言ってくれた方がまだ楽だよ」

「ほんとにそういうわけじゃないんだよ……。ひよりのことは好きだよ」

「だったらなに!?　ちゃんと理由教えてよ！　ねえ、私まだ二十三なんだよ？　碧仁、結婚しようって言ってくれてるよね？　この先何十年も、ずっとできないの？」

「それとこれとは関係ないだろ」

「あるでしょ!?」

ずっと視界が真っ暗なままだったら、碧仁の顔が見えなければよかったのに、次第に目が慣れてきてしまう。

碧仁の表情は、明らかに億劫《おっくう》そうだった。

「大事なことでしょ？　それに……私だって碧仁と結婚したいけどさ。こんなんじゃ子どもだってつくれない。私……碧仁との子どもがほしいよ」

「俺だって子どもはほしいよ」

「だから！　……しなきゃ、子どもなんてできないじゃん」

「そのときはちゃんと頑張るから」

頑張らなきゃ——私とできないの？

言葉を失っていると、碧仁は私から目を逸らして頭をくしゃくしゃとかいた。

「つーかさ。……そんなにしたいの？」

したいよ。したいに決まってるじゃん。

なんでそんな風に言われなきゃいけないの？

大好きな彼氏としたいって、責められるようなことなの？

「もういい！」

碧仁に枕をぶつけて、家を飛び出した。

「ごめん、こんな時間に呼び出しちゃって」

向かいの椅子に座って言うと、橙子は「全然いいよー」と微笑んだ。

家を飛び出したときにはもう日付が変わっていて、そんな時間にこんな状態で行ける場所なんて思いつかなかった。迷った末に、徒歩圏内に住んでいる橙子に電話をかけた。

そして橙子が最近発見したばかりらしい『喫茶こざくら』というお店で待ち合わせて、今に至る。

「で、大丈夫？　喧嘩なんて珍しくない？　ていうか初めて聞いたかも」

「うん……こんな大喧嘩したのは初めて」

「家飛び出すなんてよっぽどだよね。ごめん、もうちょっと早かったら彼氏帰らせてうちに泊めてあげられたんだけど、もう終電ないし……」

「ううん、大丈夫。ちょっと頭冷やしたら帰るから」

また反射的に〝大丈夫〟が出た。もう癖になってしまっている。

ひとまずふたりともコーヒーを注文して、届くのを待った。

店内には、カウンター席と奥のテーブル席にそれぞれカップルっぽい男女が座っている。すっぴんに部屋着で、なおかつこれから橙子に話す内容を人に聞かれたくなかった私は、ちょっと居心地の悪さを感じてしまう。

だけど今すぐに話を聞いてほしいから日を改める気にはなれないし、こんな格好で人が多い店にも行けない。知り合いでもなんでもないから聞こえても問題ないと割り切ることにした。

「お待たせしましたー」

女性の店員さんが、私と橙子の前にアイスコーヒーを置いた。彼女の足下には、尻尾をぶんぶん振ったチワワがまとわりついている（お店に入ったときはめちゃめちゃ唸られた）。

彼女の左手にある指輪が目に入った。カウンターの奥にいる、コーヒーを淹れてくれたマスターらしき男性は旦那さんだろう。

ふたりが話しているわけでもないのに、夫婦仲は良好なのだろうと思った。店内を包んでいる柔らかい空気感がそれを物語っている。

さっきの喧嘩を思い出して、胸が痛んだ。

「あの、ここって何時までですか？」

「特に決まってないの。普段は気分とかで決めるから」

「き、気分で？」

なんて自由な。

「お客さんがいる間は閉めないから、時間は気にしなくて大丈夫」

彼女は「ごゆっくりー」と微笑んで、チワワと一緒にカウンターの奥へ戻っていった。

コーヒーをひと口飲んでみると、想像よりはるかにおいしかった。ちょっと驚いて、思わずカウンターの奥を見る。旦那さんと目が合い、なんとなく頭を下げると、ものすごい無表情でわずかに会釈をされた。奥さんはにこやかだったのに、なんだか正反対な夫婦だ。

「さて。時間は気にしなくていいって言ってくれたし、いくらでも話聞くよ」

橙子がテーブルに肘をついて微笑んだ。

意を決して、ずっと誰にも言えなかった単語を口にする。

「……レスなの」

初めて他人に打ち明けた。

吐き出せたらすっきりするかもしれないと思っていたのに、全然しない。むしろ想像以上に恥ずかしくて、惨めで、顔を上げていられなかった。

「半年くらい前から、なんだけど、その、……してくれなくなっちゃって。今日もそれで喧嘩して……もう、限界で、……飛び出してきちゃった」

「そう……なんだ。……ごめん、意外だったから、ちょっとびっくりしちゃった」

誰に話しても同じような反応じゃないかと思う。

友達はみんな私と碧仁のことを羨ましいと言ってくれる。理想のカップルだよ、彼氏最高すぎない？　神なの？　――なんて、今まで何度言われてきたかわからない。

私だって、半年前まではそう思っていた。

「それは……きっついよね」

「きついよ。めちゃくちゃ。……自分の存在が全否定されてるみたい」

「うん、わかるよ。あたしも元彼とそうで――」

「え？　そうだったの？」

私はただ初めて聞いた話に驚いただけなのに、橙子ははっとして口を閉じた。まるで、まずいことを口走ってしまったとでもいうように。

橙子が焦っている理由は、わりとすぐに察してしまった。

「元彼と別れた原因、それだったんだ」

「……うん。あたしは……耐えられなかったから」

「そっか。……うん、わかるよ」

私も、耐えられそうにないから。

＊

ひよりを抱きたいと思わなくなったのは、いつからだっただろう。

ひよりを好きな気持ちは、あの頃からずっと変わらないのに。

むしろ、あの頃よりも増しているのに。

付き合い始めた頃は、スイッチはどこにでも転がっていたように思う。スキンシップなんかなくても、一緒にいれば自然とそういう気持ちと雰囲気になった。朝昼晩問わず、いつだってひよりを求めた。

なのに、知らず知らずのうちにその欲求が薄れてしまっていたのだ。

「ただいまー」

久しぶりに残業してから帰ると、ひよりはすでに帰宅していた。だけど玄関まで出迎えてはくれない。ひとつ息をついて、靴を脱いだ。

「ただいま」

「おかえり」

「晩飯作ってくれたんだ。ありがとな」

「うん」

ため息をつきたい気持ちを堪《こら》えて、口角が下がらないよう意識する。

喧嘩をした日からずっとこんな感じだ。言いすぎてしまったことを謝っても『うん』としか返してくれず、まともに目も合わせてくれない。ほとんど喧嘩をしたことがない俺たちにとって、こんなに重い空気は初めてだった。だからどうしたらいいのかわからなくて、機嫌を取ることしかできない。

いや、違う。解決法などわかっている。

ひよりを抱けばいいのだ。

一度でも抱けば、現状も少しはましになるのだろう。だけど、もしもまただめだったら。――ひよりの怒りが、あの日よりもさらに爆発してしまう。

「ひよりも食うだろ？」

「もう食べた」

見ると、洗った食器が置いてあった。

ひよりは寂しがり屋で、とにかくひとりを嫌う。食事のときも、映画を観るときも、眠るときも。そんなひよりが俺の帰りを待たずに夕飯を済ませるのは、相当怒っている証拠に違いなかった。

「先に寝るね」

まだ二十一時だというのに寝室へ消えていくひよりの後ろ姿を見ながら、ひよりもこんな気持ちだったんだな、と思う。

ひよりとのセックスを避けるため、俺は眠くもないくせに先に寝るふりを繰り返してきた。あとから寝室に来たひよりの視線が背中に突き刺さっても、寂しさがじりじりと伝わってきても、俺は背中を向け続けた。

ひよりがしたがっていることはわかっていた。

ひよりを傷つけていることもわかっていた。

だけど、どうしてもそういう気分になれないのだ。

閉まったドアに一抹の寂しさを覚えながら、それ以上にほっとしてもいる自分にいよいよ嫌気が差す。

「俺だって……どうしたらいいかわかんねえよ」

ひよりを吸い込んだドアに向けて、自分にしか聞こえないボリュームで呟いた。


「碧仁」

ニッカおじさんの看板の下で待っていると、睦月《むつき》が手を振りながら向かってきた。

睦月は高校時代からつるんでいる友達だ。大学は別だったが今でも交流が続いている。今日は同じ高校の奴ら数人で集まる予定があり、集合する前に会えないかと連絡をしたところだった。

「悪い、呼び出して」

「いいよ。どうしたの？」

「これ、出産祝い。飲み会の前に渡しちゃいたくて」

今日集まる独身連中の中で、睦月は唯一の既婚者だ。

嫁さんの柑奈《かんな》ちゃんとは大学時代から付き合っていて、卒業後間もなくして結婚し、すぐに子どもを授かった。そして今年ふたり目が産まれたばかりだ。

「お祝いなんかいいのに」

「そういうわけにいかないだろ」

「ありがたくもらっとく」

俺から封筒を受け取った睦月は、「柑ちゃんも喜ぶよ」と微笑んだ。

「相変わらず仲いいな」

「怒られてばっかりだけどね。子どもが産まれてからは特に」

そう言いつつも幸せそうだ。

どちらからともなく歩きだし、会場である居酒屋へ向かった。やはり幸せそうに柑奈ちゃんと子どもたちの話をする睦月に相槌《あいづち》を打ちながら、下卑《げび》ているとわかっていても考えてしまう。

子どもができるということは、当然そういう行為をしているということだ。

睦月と柑奈ちゃんは、俺とひよりよりも付き合いが長いのに。

ひよりとできなくなったとき、真っ先に浮かんだ理由は共に過ごしてきた年数だった。だけどそれはなんの言い訳にもならないのだと突きつけられる。

〝妻だけＥＤ〟という言葉があるのなら〝彼女だけＥＤ〟という言葉もあるのだろうか。

いや、だけなのかも定かじゃない。ひより以外の誰かを抱いたことはないし、抱きたいと思ったこともない。だから他の子にならば反応するのかすらわからないのだ。

レスになってからひよりに浮気を疑うようなニュアンスのことをほのめかされたこともあるが、俺は神に誓ってひより一筋だ。それはきっと、ひよりもわかってくれていると思う。

どこか上の空のまま居酒屋に着き、全員が集まって飲み会が始まる。

くだらないとしか言いようのない話で盛り上がり、そいつが切り出したのは一時間ほど経ったときだった。

「実はさ……彼女がヤッてくんねえんだよ……」

すでに酔いが回っている呂律《ろれつ》で項垂れるそいつを見て、正直ドキッとした。

平静を装いながら、届いたビールを呷る。下ネタには乗らない睦月も、無言で淡々とつまみを口に運んでいた。

「へえ、どれくらい？」

「一か月くらい。やべえよな」

「べつにやばかねえだろ。つーかそれ彼女すらいねえ俺への嫌み？」

「普通にやべえって。前は週に何回もしてたのに、最近彼女の背中から無言の圧を感じるわけ。手え出してくんじゃねえぞって」

「彼女浮気してんじゃねえの」

「傷えぐってくんじゃねえよ」

心当たりがありすぎる話を聞いて耳に激痛を覚えながら、同時に羨ましいと思ってしまった。

ひよりに求められさえしなければ、もっと楽になるのに、と。

ひどいことをしている自覚はあるが、こうも思ってしまうのだ。

後ろめたいことはなにひとつしていないのに、なぜこうまで責められなければいけないのか。俺なりにひよりを大切にしているつもりなのに、なぜセックスをしないだけで全てがマイナスに傾いてしまうのか、と。

「禁欲一か月はきついってまじでー。今までも我慢してる方だったんだよ。俺は毎日したいくらいなのに」

「まじで言ってんの？　俺らもう今年で二十七よ？　毎日してたら枯れちゃうって」

「まだ二十七だろ。ばりばり現役だよ」

昔なら笑って聞いていられたこの話題も、今はただ心臓を荒めのやすりでガリガリ削られるような心地になってしまう。

ひよりとできなくなったとき、年数の次に浮かんだのは年齢だった。だけどそれも言い訳にできなくなってしまった。いや、年齢のせいじゃないことはとっくにわかっていた。会社の飲み会でも軽い下ネタを口にする上司がいるが、こいつの言葉を借りるなら〝ばりばり現役〟らしい。

——私のことなんかもう好きじゃないって、女として見れないって、はっきり言ってくれた方がまだ楽だよ。

ひよりのことは好きだ。それだけは断言できる。

だとしたら。

俺はもう、単にひよりをそういう対象として見られないということなのだろうか。

「つーかさ。彼女がしてくんねえなら、プロに解決してもらえばいいじゃん」

「は？」

「ここをどこだと思ってんだよ。すすきのだぞ？」

今の今まで傷をえぐりまくっていたそいつは、欲望全開の笑みを浮かべた。

＊

喧嘩をした日以来、碧仁と普通に接することができなくなっていた。

こんなときに限って、暇つぶしに付き合ってくれる友達は見つからない。ひとりでご飯を食べたり買い物ができたらいいなあと思うのに、私はそれがとてつもなく苦手なのだ。だから無駄に残業して札幌駅構内を無駄にぶらぶら歩いて時間をつぶすという、なんとも無意味な行動を繰り返していた。

碧仁は今日、高校時代の友達と飲み会だと言っていた。久しぶりの集まりだし明日は土曜だから、帰りはきっと遅くなるだろう。

そうじゃなくても、碧仁も私と似たような気持ちのはずだ。

会いたいけど、会いたくない。

今日は帰っても顔を合わせる心配がないのだから、さっさと帰ってさっさと眠ってしまおうか。だけど、碧仁がいない空間にひとりでいるのはもっと嫌だった。碧仁がいないと、寂しくて眠れなかった。

悩んだ末に、地下鉄には乗らず、札幌駅を出て大通方面に向かった。私たちのマンションまで、徒歩なら三十分以上かかる。ちんたら歩けばもっとかかる。頭を冷やすには充分な時間だ。

音楽を聴きながらなるべくゆっくり、そして最短ルートにならないよう適当に道を曲がりながら歩く。

八月に入ってから一気に気温が上がり、日中は殺人的に暑く、太陽が沈んだ今もひどく蒸している。歩いているだけでじっとりした汗が滲み、薄い粘膜が体に張りついているような不快感が拭えない。

ぼうっとしていたせいで、気付けば風俗街に入っていた。視線の先には『名案内コナン』という、著作権とかいろいろ大丈夫なの？と心配になってしまう看板がある。確か風俗店の無料案内所だ。

中から出てくるのは当然男の人ばかりだった。表情から下心が滲み出ているどころかまるで隠しきれていない。

あの中に、彼女や奥さんがいる人もいるのだろうか。

だとしたら、私は心の底から軽蔑する。

彼氏がキャバや風俗に行くのはＯＫかＮＧか、という話がたまに出るけれど、私は断固ＮＧだ。女の子たちは仕事かもしれないけど、お客さんは下心しかないのだから。

さすがに風俗街をひとりで歩くのはちょっと怖くて、慌てて踵《きびす》を返そうとしたとき、『名案内コナン』からやけに騒がしい五人組が出てきた。

「……は？」

目を疑った。

輪の中には、碧仁がいた。

棒立ちでガン見している私に気付いたのは睦月くんだった。目を見張って、碧仁のスーツをつんつんと引っ張る。ゆっくりと振り向いた碧仁も私に気付き、睦月くんよりもさらに目を見張った。

「ひ――よ、り……？」

なにこれ。なんなのこれ。

ほんとに、なにが起きてるの。

「な……なんでこんなところにいるんだよ」

一語一句こっちの台詞だった。

なんで碧仁がこんなところにいるの。睦月くんなんて奥さんも子どももいるのに。優しくていい人だと思ってたのに。ふたりとも、風俗なんて絶対に行かない人だと思ってたのに。

ていうか。

「ひより、ちょっと待って。違うから」

私とはしてくれないのに風俗には行くんだ。

私のことは抱けないのに、他の子は抱けるんだ。

「最低！」

人目も憚《はばか》らずに叫んで、その場から走り去った。

道がどうとか遠回りとか考えずに、とにかく走った。足がもつれて転びかけた私はすんでのところで堪え、膝に手をついて荒い呼吸を繰り返す。

長距離を全力疾走したのなんて何年ぶりだろう。体力が追いつくはずもなく、なかなか息が整わなかった私は、しゃがみ込んで膝を抱えた。

やがて呼吸が落ち着くと、今度はぽたぽたと涙が落ちた。

泣いてんのー？　どしたのー？とかなんとか頭上から降ってくる男たちの声を無視し続けていると、

「ひより？　だよね？」

聞き覚えのある声に顔を上げた。

不明瞭な視界の中に、ぼんやりと夕雅の姿が浮かぶ。

私の顔を見た夕雅はちょっと驚いた顔をして、後ろにいる友達に「先行ってて」と伝えた。そして彼らがいなくなると、夕雅は私の前にしゃがんだ。

なんで泣いてるの、と訊かれるだろうと思ったのに、夕雅は少しずつ私との距離を詰めて、そっと私の頭に手をのせた。

「よしよし。とりあえず好きなだけ泣け」

お言葉に甘えて、私は気が済むまで泣き続けた。その間、夕雅は私の頭から手を離さなかった。

とめどなく流れていた涙が落ち着いて、顔を上げる。夕雅との距離は、友達の境線を越えていた。

すでにほとんど消えかけている理性が、だめだ、と告げていた。

通じるわけのない言い訳をして、大丈夫だからって嘘でもいいから笑って、今すぐに夕雅の手を払いのける。それが正解だとわかっていた。

なのに私は、ただ夕雅を見上げていた。

夕雅は、私が故意に作った隙を見逃さなかった。

「わざとだよ」

「……え？」

「こないだの飲み会のとき、膝くっつけたの。あれ、わざと」

そこからはあっという間だった。抱きしめられて、キスをして、ホテルに行った。

碧仁に裏切られたと思った日、私は碧仁を裏切った。


愛とセックスはイコールだと思ってた。

だから、自分でも信じられなかった。

彼氏以外の男の人に抱かれる日が来るなんて。

家に帰ったのは朝方だった。

なるべく物音を立てないよう、そっと鍵を回してドアを開ける。慎重にドアを閉めると、奥から足音が聞こえた。

「おかえり」

リビングから碧仁が出てきた。いつもみたいな笑顔じゃなく、不安や罪悪感や心配や焦りや、ありとあらゆる感情が混ざり合ったような、過去最高に微妙な顔で。

いつもなら抱きつくところだけど、そんなことできるわけがない。

確実に泳いでいる目を伏せた。

「もしかして……寝てないの？」

「寝れるわけないだろ。……昨日はほんとごめん。でも――」

「悪いんだけど。……ちょっと、寝たい」

碧仁の返事を待たずに背中を向けて、その場を離れた。

シャワーを浴びて布団に潜る。毎日一緒に眠っているのに、どうしてこの布団は碧仁の香りがするんだろう。

胸が痛くて、結局一睡もできなかった。

それでも私は、夕雅との関係を一夜限りで終わらせることができなかった。

＊

十月のある日、冷房が効きすぎて寒い室内で、私は夕雅に抱かれていた。

あれから二か月。夕雅とホテルに来たのは、今日で四度目だ。

初めて夕雅と寝た翌週の土曜日、私は毎月恒例の飲み会に参加した。夕雅にはもう会えない、飲み会に行くのもやめようと思っていたのに、私は結局〝橙子が誘ってくれたから〟と心の中で誰に言うわけでもない言い訳をしながら参加してしまったのだ。

いつも通り騒がしいだけの一次会が終わり、二次会も終わり、橙子は先に帰ったからひとりで駅へ向かおうとしたとき。

——ひより、待って。駅まで送ってく。

私を追いかけてきた夕雅の目的が、駅まで送ることじゃないとわかっていた。

——ごめん。……こないだのこと。

——ううん。私こそごめん。

——俺は……今でもひよりのこと好きだから。

その日も夕雅は、私が故意に作った隙を見逃さなかった。

そっと手を握られて、私はその手も視線も離さなかった。

私のＯＫサインをしっかりと拾った夕雅に手を引かれ、ホテルへ向かった。

「好きだよ、ひより」

ベッドの中で必死に私を求めてくれる夕雅を見上げながら、朦朧とする意識の中で、とっくに手遅れなのに、もう後戻りできないなあなんて、ぼんやりと思った。

すがるように両腕を伸ばして抱きつき、私は意識を手放した。

ホテルを出て、足早にホテル街を抜ける。隣に夕雅はいない。

夕雅は私と一緒に出ようとせず、私がその場から離れるまでホテルのフロントで待っていてくれる。そうしようと話し合ったわけじゃない。私に気を遣ってくれているのだ。たぶん、私がそうしてほしいのを察して。

夕雅に抱かれた直後に家には帰れない。だから私は、いつかみたいにぶらぶらと遠回りをしながら帰る。まるで、私の体から夕雅の気配が消え去ってくれることを願うように。

夕雅と会うとき、碧仁には週末なら飲み会、平日なら残業だと言っている。碧仁は嫉妬や束縛をするタイプじゃないから、特に追及してこない。

もっとも、あの喧嘩以来ずっと気まずい空気が続いている今、碧仁も私が家にいない方がいいのかもしれないけど。

考え事をしながら重い足を交互に動かしていたとき。

「明日休みだし、もうちょっと飲もうよ」

「あ、いやすみません帰ります」

「なんでよ。あと一軒くらい付き合ってよ」

「ちょっと無理です。彼氏に会いたいので」

「付き合い悪くない？」

「ミナミさんは酒癖悪くないですか？」

温度差が激しい女性ふたりの声が聞こえて、ふと顔を上げる。彼女たちが出てきたのは、いつか橙子と行った『喫茶こざくら』だ。なんとなく立ち寄ってみようかと思い、方向転換する。ひとりご飯なんて絶対に嫌だったけど、それ以上に今は碧仁と顔を合わせる方が嫌だった。

ガラスドアを開ける。今日はカウンター席に女の子がひとりいるだけだった。前に来たとき接客してくれた奥さんが隣に座っている。その足下では、チワワが伏せをしながらふてくされていた。

前回ほどお客さんがいないことにほっとする。混んでいるお店で初めてのひとりご飯をする勇気はない。

よほど話し込んでいるのか、奥さんはなかなか私に気付かない。

声をかけていいものか迷っていると、厨房から旦那さんが出てきた。

「……ませ」

超無表情だし声が小さすぎてよく聞き取れなかったけど、語尾から推測にたぶん『いらっしゃいませ』と言ったのだろう。

すると彼は仰向けにした手をテーブル席の方にすうっと流した。たぶん『お好きな席へどうぞ』という意味だと思われる。目を合わせてすらこない旦那さんに「ど、どうも……」と言って、奥のテーブル席に腰かけた。

外の黒板に『本日のメニュー』がいくつか書かれていたけれど、フードメニューもある。この中から選んで注文してもいいのだろうか。

サンドイッチなど喫茶店らしい軽食もあるものの、焼き鳥やだし巻き卵やお刺身と、ほぼ居酒屋だ。かと思えば次のページには中華や洋食も登場し、まるで統一性がないうえ『ご提供できるかはわからないのでお声がけください』と潔く書いてある。なんだかふざけ……いや、変……いや、珍しいお店だ。

「――彼氏と……レス気味、で」

ふと聞こえた声に、弾かれたように顔を上げた。

カウンター席の女の子以外にお客さんはいないから、声の主は彼女だろう。ここからじゃ後ろ姿しか見えないけど、服装や雰囲気からして同世代くらいだと思われた。

私と同じ悩みを抱えている人がいた――と安堵《あんど》したのも束の間、

「あ。もしかして断る側？」

奥さんの問いにおずおずと頷く彼女を見て、勝手に落胆してしまう。

一瞬でも仲間意識を持って、話に交ざりたいとまで思ったことを後悔した。

「彼氏のことは大好きなんです。だけど、どうしても〝したい〟って思えなくて。――浮気されたり、振られたらどうしよう、って、怖くて」

盗み聞きしていたくせに、耳を塞《ふさ》ぎたい衝動に駆られてバッグからイヤホンを取り出した。スマホで音楽を流し、鼓膜が破れそうなくらい音量を上げた。

彼氏としたくない。だけど浮気はされたくないし別れたくもない。

なんて勝手な言い分だろう。ふざけんな。私からすればあまりにも贅沢すぎる悩みなのに、きっと彼氏の方がよっぽど傷ついているのに、まるで自分が被害者だとでも言いたそうな彼女にイライラする。

だったらどうしてほしいの。一体どうすればいいの。

――そんなにしたいの？

恋人とセックスがしたい。そんな当たり前の欲求を抑え込んで、平気なふりをして、ただ黙って受け入れろというのか。この先もずっと我慢し続けろというのか。

ずるい。ずるいずるいずるい。

どうしてこっちが悪者扱いされなきゃいけないの――。

いきなり肩を叩かれて、思考が遮断された。

隣には、いつの間にか奥さんが立っていた。

彼女が口をぱくぱくしていることに気付き、イヤホンを外す。

「また来てくれたんだ」

「え……私のこと覚えてるんですか？」

「覚えてるよー。三か月くらい前に、綺麗な女の子とふたりで夜中に来てくれたよね？　あれ、勘違い？」

「あ、いえ、合ってます」

記憶力にちょっとびっくりしつつ、接客業の鑑《かがみ》だなと感心する。

カウンター席を見れば、女の子はもういなかった。

「まだ注文してないよね？　ごめんね、つい話し込んじゃって。旦那もいつの間にかいなくなってるし。せっかく来てくれたのに放置しちゃってほんとごめんね」

「あれ、旦那さんは……」

「上でワンコと一緒に映画観てると思う。あ、二階が居住スペースなの」

営業中に、しかもお客さんがいるのに映画観てるの？

疑問に思いつつも、彼女がまるで当然のようにけろっとしているから突っ込むに突っ込めない。

そういえば、喧嘩をした日以来、碧仁と一緒に映画を観ていない。

なんてことない、それでも確かに幸せな時間が、ずっと続くと思っていたのに。

「……一緒に観ないんですか？」

「わたしはその映画興味ないから。ていうか洋画が苦手なんだよねえ。みんな同じ顔に見えちゃって、誰が誰だかわかんなくなっちゃうの」

「あ、わかります。私も邦画派で。……でも、興味なくても、一緒に観てるだけで幸せだったりしませんか？」

「でも興味ないものはないし、観てもどうせ寝ちゃうと思う」

なんと。

旦那さんは怒らないのだろうか。私も碧仁も映画の途中で寝たことはないし、もし碧仁が寝ちゃったら、私はすごく嫌だ。

「それに、お互いひとりの時間も必要でしょ。四六時中ずっと一緒にいたら息が詰まっちゃうじゃん」

彼女の理屈は、私にはちょっと寂しく感じた。

私はひとりの時間がほしいなんて思ったことがない。自分が興味がない映画も趣味も受け入れたかったし、碧仁もそうしてくれていた。

だけど、もしかしたら碧仁も彼女と同じ考え方だったのかな。私が全部共有しようとしすぎたから、一緒にいすぎたから——私を女として見られなくなっちゃったのかな。

「あの……急になにって感じだと思うんですけど。仕事中なのに迷惑だと思うんですけど。わかってるんですけど。……ちょっとだけ、私の話、聞いてもらえませんか?」

誰かに吐き出したかった。だけど今回こそは橙子にも言えない。知らない人だから話せることもある。

おつまみくらいは注文しようかと思ったけれど、まるで食欲が湧かないからジントニックにした。空きっ腹にアルコールはよくないとわかっていても、飲みたい気分だった。

彼女の名前は結季《ゆき》さんというらしい。私の向かいに座った結季さんに、碧仁とのレスのこと、そして夕雅との関係を吐き出した。結季さんはときどき相槌を打ちながら静かに聞いてくれた。

「わかってるんです。彼氏を裏切ってるって。こんなの最低だって。彼氏との問題から逃げてるだけだって。……でも、私、本当にショックで。だって、彼氏のこと本当に、心の底から信頼してたのに、まさかこんな形で裏切られるなんて……。だから、どうしたらいいのか全然わかんなくて」

なるべく碧仁ばかりを責めないように、それでも私の気持ちが伝わるように、言葉を選びながら話していく。

やがて相槌すら打たなくなった結季さんを見れば、なんというか、めちゃくちゃなにか言いたそうなのをめちゃくちゃ堪えている顔をしていた。

「あの……言いたいことがあればどうぞ。……できればお手柔らかに」

「言いたいことっていうか、不思議だなあって思って。風俗のこと、なんで彼氏くんの話ちゃんと聞かなかったの？」

想定外の質問に虚を衝かれる。

「だってそんなの……行ってないって嘘つくに決まってるし……」

「そう、そこが不思議なの。なんで風俗に行ったって決めつけてるんだろうって。お店から出てきたならまだしも、案内所から友達と一緒に出てきたってだけなら、心の底から信頼してた人に幻滅するには早いんじゃないかな。信じるか信じないか、話を聞いてから決めてもよかったんじゃない？　四年も付き合ってるなら、彼氏が嘘ついてるかどうかくらいなんとなく見破れると思うし」

結季さんはのんびりとした口調ながら、的確に私の建前を打ち砕く。

「自分が浮気してることを正当化するために、彼氏が風俗に行ったって決めつけてるように聞こえちゃって」

顔が熱を帯びる。

結季さんの言う通りだ。

浮気しちゃったのはしょうがないよ、先に裏切った彼氏が悪いよ、彼氏にひよりちゃんのこと責める資格ないよ、ひよりちゃんだって辛いんだよね。

そんな風に言ってほしかったのだ。

「レスが辛いから浮気に走るって、わたしはそれもありなのかなって思うんだよ。パートナーに女として愛してもらえないのは辛いし、そもそも女にだって性欲はあるわけだし。自分はしたくないけど他の人とするのもだめっていうのは、ちょっと一方的すぎじゃないかなってわたしは思うから」

正論を振りかざすタイプのちょっと毒舌な人なのかと身構えてしまったけれど、理解を示してくれてほっとする。

救いを求めるように顔を上げかけたとき、

「だけど、自分が浮気した事実を相手のせいにするのは違うと思う。ひよりちゃん自身が他の男に抱かれることを選んだの」

畳みかけるように付け足されて、いよいよ全身が熱くなった。

やっぱりちょっと毒舌だ。お手柔らかにってお願いしたのに。ていうか、慰めようとしてくれているのか突き落とそうとしているのかよくわからない。

だけど的を射すぎていて、なにも言い返せない。

俯いたまま黙り込んでいる私に、結季さんはのんびりした口調のまま続けた。

「相手のせいにするくらいなら、レスが辛かったから浮気しました、って開き直った方が潔くていいと思うよ。わたしはね。――ただ、浮気するときは墓場まで持っていくのがルールだよ」

流れていた音楽が途切れ、店内が静寂に包まれる。

どういう意味だろう。絶対に悟られるな、という助言だろうか。

私が罪悪感に負けて、碧仁に浮気を白状してしまうと思っているのだろうか。

「ついでに言っちゃうと、浮気するにしても相手がちょっと悪かったかもね。浮気相手くんはひよりちゃんのこと好きなんでしょ？」

私がずっと考えないようにしていたことを指摘されて、反射的に体が強張った。

ホテルのフロントにひとりでいる夕雅の姿が脳裏をよぎる。

夕雅が私のためにそうしてくれているんじゃない。私が夕雅の気持ちを考えずにそうさせているのだ。

頭がオーバーヒートして、震えが止まらなかった。

「全部中途半端にしてたら、全部失っちゃうよ」

＊

「ごめんな、急に呼び出して」

金曜の会社帰り、睦月と居酒屋に寄っていた。今日もひよりは仕事で遅くなるらしかった。

「ちょっとくらいなら大丈夫だよ。なんかあった？」

相談したいことがあると呼び出した手前、余計な前置きはやめておく。

「こないだの飲み会でさ、あいつが言ってたじゃん。……レスだって」

「うん」

「実は、その……俺とひよりも、そうで」

誰にも言わないつもりでいたが、もう限界だった。

睦月に話したところで解決する問題ではない。それでも、どこかに吐き出したかった。最近は特に、早くどうにかしなければいけないような気がしてならなかった。

「まじか。うちもそうだったよ」

「え？　そうなの？」

「柑ちゃんが妊娠してからずっとしてなくてさ。それは当たり前だからいいんだけど、産後しばらくしたらまたできると思うじゃん、男は。けど何か月経ってもだめで、何回も断られて。今思えば俺まじで馬鹿だったけど。柑ちゃんが慣れない子育てでどんだけ疲れてどんだけストレス溜まってるか全然わかってなかったから、断られるたびにすごいショックで」

「いや、ごめん。逆で」

「へ？」

「その……断る方。俺が」

睦月が珍しく絶句した。

無理はないと思う。俺だって男側が拒否するという話を聞いたことがないし、まさか自分がそうなるなんて夢にも思っていなかった。

「そ、そっか。そういうことか。……ごめん。俺は断られる側の経験しかないし、柑ちゃんとしたくないって思ったことないから、どうしてもひよりちゃんに肩入れしちゃう部分はあると思う」

「それは……うん。わかってる。……やっぱさ、断られるのって……きつい？」

「俺の場合は明確な理由があったけどさ。それでもけっこうきつかったんだよ。だから、理由もなしに断られるのってもっときついんじゃないかな」

睦月の表情も口調も、決して俺を責めるようなものではなかった。

それでも心臓の辺りに重石が落ちたような痛みを、あるいは圧《お》しかかったような息苦しさを覚えた。

「レスに限った話じゃないけどさ。待たせる側って、いくら時間があっても足りないよね。気が済むまで考えたいし、なんならずっと逃げ続けていたい。俺もそういうことあったから、気持ちわからなくはないんだけど。でも、待ってる側って必ず限界が来ると思うんだよ」

睦月が言いたいことは、痛いほど伝わった。

俺は俺の都合だけで重要な問題から、そしてひよりから目を逸らし続けている。できることなら、この先もずっと逃げ続けたいと思っている。

「大事な人に拒絶されるのはさ、相当きついよ」

家庭がある睦月を遅くまで付き合わせるわけにはいかず、一軒ですぐに解散した。ひよりが帰ってきたのは日付が変わる頃だった。

「ただいま」

あの喧嘩以来しばらく続いていた重い空気も、最近はだいぶ薄れていた。普通に喋るし、ひよりが怒っている様子もない。

だけど、決して今まで通りの俺たちではなかった。

「おかえり。ひより、大丈夫？」

「え？　……なにが？」

「なにがって、ずっと帰り遅いから。まだ仕事落ち着かないの？」

「ああ……うん。もうすぐ落ち着くと思う」

「そっか。ならいいけど」

「お風呂入ってくるね」

逃げるようにリビングを去ったひよりを見て、いらない勘が働いてしまった。

いや、とっくに勘付いていた。残業というのが嘘だということに。

それはただ、俺とあまり顔を合わせたくないのだと思っていた。

だけどひよりの一瞬の挙動から、そうじゃないのだと確信してしまった。

根拠はない。ただしひとえに勘といっても、これは今まで積み重ねてきた経験からくるささやかな危険信号を、脳が違和感として送っているのだ。

いや、たぶん、この違和感はずっと前から覚えていた。だからこそ妙な焦りを感じて、吐露《とろ》せずにはいられなかったのだ。気付かないようにしていたものが、いよいよ見ないふりができないほどにはっきりと形を成した。

ひよりから、明らかに男の気配がした。

＊

裸でベッドに寝転がりながら、夕雅は私の髪を優しく撫でる。

最中も、終わってからも、夕雅はずっと優しかった。

「あのさ、ひより」

「ん？」

「たまには……泊まってく？」

できるならそうしたかった。

今日は会うのが遅かったから、急がなければ終電に間に合わない。それに最近ちょっと仕事が忙しくて疲れている。明日は土曜だし、このまま眠ってしまえたら幸せだなあと思う。

だけど、頷くことはできなかった。

「……ごめん。帰らないと」

家には、碧仁がいる。

浮気しているくせに、すでに夕雅と会う頻度も帰る時間もそれほど気にしなくなっているくせに、まるで自分は心から碧仁を裏切っているわけではないのだと言い聞かせるためみたいに、そんなことを考えてしまう。

——全部中途半端にしてたら、全部失っちゃうよ。

「だよな。……うん、俺こそごめん」

項垂れる夕雅に、もう一度「ごめん」と呟いた。

ホテルを出て、いつも通りひとりで足早にホテル街を抜ける。

犯罪を犯しているわけでもないのに、気分はさながら逃亡犯だ。

夏はとっくに終わったというのに、薄い粘膜が体に張りついているような不快感が私を解放してくれない。

泊まっていくか、なんて、夕雅に言われたのは初めてだった。

——浮気するにしても相手がちょっと悪かったかもね。

——浮気相手くんはひよりちゃんのこと好きなんでしょ？

まるで結季さんがすぐそばにいるみたいに、言葉たちが鼓膜に響く。

私は、夕雅の気持ちを利用している。自分の寂しさを紛らわせるために。

私、本当になにしてるんだろう。一体なにがしたいんだろう。

夕雅はどんな気持ちで、私が視界から消えるのを待っているんだろう。

「ひよりちゃん？」

ふらふらと街中を歩いていたとき、見慣れた人と目が合った。

相手をはっきりと認識した瞬間、心臓が止まりそうになった。

「睦月くん……」

街中で知り合いに会うことなんて滅多にないのに。どうしてこんなときに——浮気相手と寝た直後に、彼氏の一番の親友と会ってしまうんだろう。

逃げるわけにもいかず、私のもとへ歩いてきた睦月くんと向かい合った。

「久しぶりだね。こんな時間まで残業だったの？」

なんの変哲もないごく普通の問いに、後ろめたさのせいでプチパニックに陥ってしまう。

穢《けが》れのないまっすぐな目を、まともに見ていられない。

「あ……うん。睦月くんは？」

「俺も残業。お互い大変だね。これから帰るんだよね？　ひとりで大丈夫？　碧仁に迎えに来てもらった方がいいんじゃない？　それか、俺が送っていこうか」

相変わらず優しい人だ。睦月くんと話すたびに、類は友を呼ぶって本当なんだろうな、と思う。

「ううん、大丈夫。地下鉄で帰るし。これ以上遅くなったら奥さん心配するよ」

「柑ちゃんには連絡さえすれば——」

「ほんとに大丈夫だから。……じゃあ、睦月くんも気をつけて帰ってね」

歩きだそうとしたとき、睦月くんが慌てた様子で「あのさ」と私を呼び止めた。

「その……俺が口出すことじゃないとは思うんだけど、やっぱりどうしても謝らせてほしくて。あのときは本当にごめん」

睦月くんは気まずそうに、それでもしっかりと私の目を見ていた。

あの日以来、私と碧仁の関係が修復できていないことを知っていたのだろう。

「一緒にいた友達の悪ノリだったんだ。碧仁は風俗行くつもりなんかまったくなくて。とりあえず案内所まで付き合って、俺と碧仁はすぐ帰るつもりだったんだよ」

「なんで……睦月くんが謝るの？」

「だって、俺も一緒にいたから。ちゃんと止めなかった俺にも責任あるし」

なにそれ。やっぱりいい人じゃん。睦月くんに責任なんかないのに。

「これも俺が言うことじゃないかもだけど、碧仁のこと信じあげてほしい。碧仁はひよりちゃんを裏切ったりしないから」

どうして、よりによって、こんなタイミングで。

あのときだってそうだ。あのタイミングで、なぜよりによって夕雅に会ってしまったんだろう。

だけど、あのタイミングでさえなければ、碧仁を裏切ることはなかったと言えるのだろうか。

もう、わからない。

「おかえり」

連絡もなしに深夜に帰宅したというのに、碧仁は微笑んでいた。だけどその笑顔は見たこともないくらい不自然で、結季さんの忠告が現実になったのだと直感するには充分だった。

碧仁は立ったまま黙っている私を訝《いぶか》る様子もなく、

「ひよりさ。——浮気、してるよな」

一切の迷いがない口調で言った。

答えられないことが、私の答えだった。

「俺のせいだよな」

ソファーに座っている碧仁は、私から目を逸らしてテレビを見つめた。

見覚えのあるドラマが放送されている。

同棲中のカップルが、笑い合いながらご飯を食べていた。

「ひよりが浮気してるって気付いてから、ずっと考えてた。俺が、その……寂しい思いさせてたせいだって。相当傷つけてたんだろうなって」

碧仁がかすれた声で紡ぐ台詞を聞きながら、私はちっとも驚いていなかった。

そうか、と思う。

私は、心のどこかで期待していたのかもしれない。

もしも私の浮気に気付いたら、碧仁はそういう風に考えるんじゃないかと。私よりも自分を責めて、私の裏切りを許してくれるんじゃないかと。

だからこそ私は、細心の注意を払っていなかったのだ。

飲み会だとか残業だとか、そんな嘘がずっと通用するわけがないとわかっていた。騙せていると思い上がるほど私は能天気じゃないし、そんな嘘で騙されるほど碧仁は馬鹿じゃない。

わかっていながら、私は下手な嘘をつき続けていた。

「正直……最初はすげえむかついたし、俺が全部悪いとか言えるほどの器でもないけどさ。でも、ひよりのこと責めるつもりもなくて」

私だって、全部自分が悪いなんて言えるほどの器ではない。

それどころか、心の中で碧仁を責め続けていた。

私だけが悪いわけじゃないと、言い訳を繰り返していた。

――風俗のこと、なんで彼氏くんの話ちゃんと聞かなかったの？

わかっていたからだ。碧仁が風俗に行くような人じゃないことくらい。あの瞬間は感情がぐちゃぐちゃで勢いに任せて怒ってしまったけれど、夕雅とホテルに着く頃には頭の片隅でわかっていた。

だけど、誤解だと認めるわけにはいかなかった。

もう、手遅れだったのだから。

どうしようもなく渦巻いていた性欲と寂しさに抗うことなどできなかったのだから。

先に碧仁が私を裏切ったことにしなければ、心に空いた穴を他の男に埋めてもらうことを選んだ自分を正当化できなかったのだから。

碧仁はおもむろに首を動かし、ずっとテレビに向けていた視線を私に移した。

「俺は……どうしてもひよりのこと嫌いになれないし、すげえ、好きで」

碧仁は私が期待していた通りの台詞を言ってくれている。ここまでは筋書き通りになっている。

なのに私は今、激しい後悔と罪悪感に打ちのめされていた。

「でも……散々傷つけといてこんなこと言うのは勝手かもしれないけど――」

碧仁の目から、涙なんか流れていない。目が赤くなっているわけでもない。

なのに、どうしてだろう。

まるで碧仁が泣いているみたいに見えた。

「ごめん。――どうしても、許せない」

言い訳なんて、できなかった。

泣いてすがることなんて、できるわけがなかった。

――レスが辛いから浮気に走るって、わたしはそれもありなのかなって思うんだよ。

パートナーに女として愛してもらえないのは辛いし、そもそも女にだって性欲はあるわけだし。

結季さんの台詞が、頭の中でこだまする。

理解を示してくれて嬉しかった。結季さんの意見に賛同している自分がいた。

どうして喜ぶことなんかできたんだろう。

どうして今までちゃんと想像しなかったんだろう。

もしも逆の立場だったら、と。

私が碧仁を拒むなんて今は想像できないけれど、万が一、そういう状況になったとしたら。それで碧仁が浮気をしたら。

私はきっと、碧仁を許せなかったのに。

「――別れよう、ひより」

頷くことはできなかった。

首を横に振ることは、もっとできなかった。

そして四年間にわたる私たちの恋は、静かに幕を閉じた。

＊

有給をためておいてよかったなと思う。まとまった休みを取れたおかげで、それほど時間に追われることなく引っ越しを終えることができた。といっても実家に戻っただけだけど。

それに、こうして失恋の痛みにどっぷり浸かることもできる。

今までみたいに、無駄に残業をしたり誰かと遊んだり、現実逃避をするのはやめておいた。今は誰にも邪魔をされることなく、失恋の痛みを抱えていたかった。私が碧仁に与えた痛みを、ちゃんと思い知りたかった。碧仁との思い出に、浸っていたかった。

思えば私は、いつだって碧仁を試してばかりだった。

碧仁からの好意なんて、最初から気付いていた。私だって、いつからか碧仁に好意を抱いていた。ふたりきりで会いたいと誘われたときも嬉しかった。だけど、彼氏とちょっとすれ違っただけであっさり他の男に乗り換える女になりたくなかった。

だから、碧仁にもっと私を好きになってほしかった。全力で追いかけてほしかった。そうしたら私は〝辛いときに碧仁の真剣な想いにほだされた女〟になれる。

今回だって、浮気をすることで私がどれくらい傷ついているのか知ってほしかった。それで碧仁がどうするのか見たかった。だからこそ、ばれないよう細心の注意を払うどころか、わざと匂わせるようになっていたのだ。

私、他の男に抱かれてるんだよ。そんなの嫌でしょ？　許せないでしょ？　だったら、碧仁も私を抱いてよ。嫉妬でも怒りでもなんでもいいから、もう一度私を抱いてよ。前みたいに、私の心も体も全部満たしてよ。

そんなことを、心のどこかでずっと考えていた気がする。

結季さんに相談した日、そんな私の本心が言動の端々から滲み出ていたのかもしれない。だからこそ結季さんはちょっと唐突に言ったのだ。

——浮気するときは墓場まで持っていくのがルールだよ。

自分にとって都合の悪い忠告を無視して、大切な人を傷つけて、まんまと失ってしまった。

夕雅に対してもそうだ。

碧仁との関係に悩んでいたとき、夕雅に告白されて嬉しかった。

——私には……彼氏がいるから。

ごくありきたりな断り文句の中に、彼氏がいなかったら応えていたかもしれない、という意味を暗に含めた。夕雅が私のことを諦めない、ぎりぎりの台詞を探した。もしかすると、察しがいい夕雅はそれにも気付いていたのかもしれない。

私はいつだってそうだった。

寂しいときに優しくしてくれる男がいればあっさり心が揺れてしまう。全力で追いかけてほしくて、寂しさを埋めてほしくて、頭の中はいつも打算だらけだ。

それでも——この四年間、碧仁を好きな気持ちだけは嘘じゃなかった。

だけどもう、どうしていいかわからなかったのだ。セックスレスを受け入れて碧仁と付き合っていけばよかったのか、それとも浮気なんかしないでもっと早く別ればよかったのか。

そんな問いに、答えなんて到底出せなかった。


スマホが鳴って、顔を上げた。

画面に表示された名前を見て、先を越されてしまったなと思った。ちゃんと自分から連絡をしなければいけなかったのに、思い出に浸りすぎていた。

『もしもし、ひより？　急にごめん。夕雅だけど』

「……うん」

『橙子から聞いたんだけど。彼氏と……別れたんだよね』

続きの台詞を待つ必要はなかった。そんなのひとつしかないに決まっている。

「ごめん。……付き合えない」

電話の向こうは静かだった。驚いている様子もない。

夕雅もきっと、電話に出た私の第一声でわかったのだろう。

いや、ずっと前からわかっていたのかもしれない。

夕雅と何度寝ても、私の気持ちはずっと碧仁にあったことを。

「……もう、終わりにしよう」

このまま甘えてしまいたかった。また寂しさを埋めてほしかった。最低なことを言っているのもわかっていた。

だけど、ここで夕雅に甘えてしまえば、私はきっとまた同じことを繰り返す。いつか同じ状況になったら、また自分の弱さに負けて流されて、夕雅を裏切る。

なにより私は、スマホが鳴ったときに期待してしまったのだ。

碧仁かもしれない、と。

そこに夕雅はいなかった。

『うん。だよな。……うん、大丈夫。わかってる』

大丈夫じゃないときほど〝大丈夫〟と言ってしまうのは、きっと私だけじゃない。

「ごめんなさい。……ばいばい、夕雅」

電話を切って、スマホの電源を切った。

「……本当にごめん、夕雅」

――浮気するにしても相手がちょっと悪かったかもね。

自分が辛いからって、夕雅の気持ちを利用して巻き込んだ。それはどんな言い訳をしても到底正当化できない。

私が流されさえしなければ、もう少しだけでも強ければ、碧仁も夕雅も傷つけることはなかったのだから。


明日で有給が終わる。

もう充分思い出に浸った——とは嘘でも言えないけれど、いつまでも塞ぎ込んではいられない。

それに、全部の思い出に浸るとしたら四年かかるのだ。現実問題、生活があるのだからそんな悠長なことは言ってられない。

立ち上がって、窓を開けた。

厚い雲の向こう側には、青空が広がっていた。

また仕事を頑張って、お金を貯めよう。

今度は自分で探した部屋に自分の名義で住もう。

ちゃんと自分の足で歩こう。

私に必要なのは、一度ひとりになることだ。

君との未来のために

大好きな彼氏と過ごす週末に恐怖すら抱いてしまう私は、我ながら一体どういう情緒なのだろう。

「実紅《みく》、体調どう?」

先にベッドで横になっていた私に、楓《かえで》が寝室に来るや否や訊ねた。

「今朝よりはだいぶましになったよ」

「ならよかった。風邪かなあ。明日病院行く?」

「一気に寒くなったから、ちょっと体調崩しちゃっただけだと思う」

日に日に増していく罪悪感に胸を痛めながら、ダブルベッドの左側を空けて楓を迎え入れる。

「明日買い物行くのやめよっか」

「大丈夫だよ。それに楓、ほしいものあるって言ってたじゃん」

「すぐに必要ってわけじゃないからいいよ。まあ明日決めるか。無理そうだったらちゃんと言ってな」

「わかった。ありがとう」

「おやすみ」

「うん、おやすみ」

楓は不満そうな顔ひとつ見せずに微笑んで電気を消した。薄闇の中で楓の寝顔を見ながら、押し寄せてくる欲求を心の中で吐露する。

奮発してダブルベッドなんて買わなければよかった。もっとぴったりくっついて眠りたいのに。本当は腕枕もしてほしい。だけど楓の腕がしびれてしまうから、せめて手をつなぎたい。——大好きだよって言いたい。

全てを呑み込み、静かに目を閉じた。

私には、無邪気に甘える資格なんてない。

楓には散々我慢を強いてるのだから。

もう、二か月もセックスを避け続けているのだから。


楓とは、大学三年の秋に付き合い始めてから二年、同棲を始めて半年になる。

ほとんど喧嘩をしたことがない私たち——いや、私にとって初めて訪れた関門は、大学卒業間近のことだった。楓に、卒業後は一緒に住もうと提案されたのだ。

ありとあらゆる理由をつけて全力で渋った私に、初めて楓が怪訝そうに眉根を寄せた。嫌なら嫌とはっきり言ってほしい、と。

ネガティブでうじうじ悩みがちな私に、ポジティブではっきりした性格の楓はいつも『俺のことは気にしなくていいから、ちゃんと実紅の気持ちを教えてほしい』と言う。

楓と毎日会えるのだから、嫌なわけがなかった。だから私は、びっくりしただけだと嘘をついて承諾した。

同棲を渋った理由はただひとつ、性欲が乏しいからだ。

大学の頃はお互い課題やバイトなどで忙しく、どちらかの家に泊まってゆっくり過ごせるのは月に一度くらいだった。それでも私は、翌日は朝が早いとか適当な理由をつけたり、わざと生理のときに合わせたりして、毎回セックスをするわけではなかった。

ただでさえそうだったのに、同棲となれば当然毎日会うわけで、そうなると夜はそれなりの情事が行われるわけで。

お互い休日はカレンダー通りだから、もしかすると毎週末しなければいけなくなるかもしれない。

私は、耐えられるのだろうか。

そんな不安を抱えつつ同棲を始めた。

最初はなんとか頑張っていたものの、無理にすればするほど余計に体も心も言うことを聞かなくなってしまう。土曜の夜は寝る時間が近付くにつれて憂鬱になり、ベッドに入れば身構えてしまうのだ。

こんな気持ちで集中できるはずもなく——いつか楓自身に嫌悪感が芽生えてしまい

そうで怖くなった私は、ありとあらゆる理由をつけて行為を避けるようになった。

だって、あなたのことは大好きだけどセックスはしたくないの、なんて言えるわけがない。

＊

「彼氏、浮気してんのかも」

大学時代の友達と四人で女子会をしていたとき、一軒目からずっと浮かない顔をしていた子が唐突に言った。

「なんで？」

「実は最近、全然アレしなくなってきちゃって」

彼女の告白に、危うく椅子から転げ落ちそうになった。

平静を保ちながら口を固く閉じ、真剣な表情を作り上げて耳を傾ける。

「あーわかる。不安になるよね。どれくらいしてないの？」

「してるはしてるんだけど、回数がどんどん減ってるんだよね。前は週に何回かしてたのに、最近は週一くらいしかしてなくて。浮気してる感じは今んとこないけど、冷めてんのは間違いないのかなって」

「してるならまだいいじゃん。ぶっちゃけちゃうけど、あたしなんてもう一か月もしてないんだよ。ありえなくない？　完全にレス、みたいな。あたしの彼氏こそ浮気してんのかも」

「えっ？」

つい素っ頓狂な声が出てしまい、三人の目が私に向いた。

「だ……だって、まだ一か月でしょ？」

「レスって、大きい理由もないのに一か月以上しないことなんだよ。あたし調べたもん」

衝撃のあまり言葉を失った。

世間一般では、たったの一か月でレス認定されてしまうのか。私はたぶん一年くらいしなくても平気なのに。いや、彼氏と一年しなかったことがないから断言はできないけれど。

「どうしたの変な顔して。まさか実紅んとこもしてないの？」

「そ、そうじゃなくて」同意を求める視線が痛くて、背中が丸まった。

「ただ仕事が忙しいとか、疲れてるとか、それだけじゃないのかなって。うん、確かに一か月もしてなかったら不安になるよね。でも、その……してないからって、気持ちが冷めたとかではないと思うし、浮気なんてしてないよ。大丈夫だよ」

多少の嘘を交えて最大限に言葉を選びながら、恐る恐る三人の顔色を窺う。

「ありがとー。ほんと実紅は優しいなあ」

優しい、という一般的には褒め言葉であろう単語まで、今の私には深く鋭く突き刺さる。

だって私は、ちっとも優しくなんかない。

今フォローしたのは、友達を慰めるふりをして、代弁という盾で自分を守りながら楓に対する言い訳をしただけだ。

ずっと不思議だった。セックスをしないだけで、なぜ気持ちまで疑われてしまうのだろう。なぜ〝好き〟や〝愛してる〟の延長線上、あるいは同じ場所にそれがあると認識されているのだろう。

必ずしも心と体が一致するわけじゃないと思うし、そもそも私にとっては延長線上にも同じ場所にも〝セックス〟はない。それとこれとは別問題ではないだろうか。

だって私は楓に冷めたわけではないし、ましてや浮気なんか神に誓ってしていない。心の底から楓が好きだと胸を張って言える。この気持ちに嘘は微塵もない。寄り添いたいし、手をつなぎたいし、隣で眠ると安心する。ただセックスが好きではないというだけの話なのだ。

と、心の中で必死に言い訳をしながら頭では先週末のことを思い返し、罪悪感に支配されていた。

体調が悪いなんて嘘だった。そう言えば楓が絶対に求めてこないとわかっているから、私は朝から少しだけ体調が優れない演技をし続けたのだ。

ときには仕事が忙しいと疲弊しきっている演技をし、ときには晩酌をしているうちに酔っぱらって先に寝落ちした演技をし、生理がくるたびに安堵していた。今週は楓が飲み会で遅くなると言っていたから先に寝ればいいし、もうすぐまた生理がくるから来週は演技をする必要がない。

なんてことばかり考えている自分に、いよいよ嫌気が差す。

私が暗に拒否するたびに、楓を傷つけていることくらいわかっているのに。こんなことを繰り返していたら、楓を失ってしまうかもしれないのに。――と考えるということは、別問題ではないとわかっているのだろう。だからこそみんな悩んでいる。私が変なだけ。

だけど、どうしても〝したい〟と思えないのだ。

＊

会社帰り、行きつけの『喫茶こざくら』にひとりで向かった。

楓と過ごす時間も友達との女子会も楽しいけれど、私はひとりの時間も好きだ。だから、歩いている最中に気になったお店があればふらりと入ってみるのが、唯一にしてささやかな私の趣味だった。

残業でいつもより遅い時間になってしまったけれど、今日は楓も帰りが遅くなると連絡が来て、夜ご飯はそれぞれで済ませることになった。だから時間を気にせずにゆっくりできる。

この『喫茶こざくら』は、新規開拓が好きな私にしては珍しく通っている貴重なお店である。

いつ来ても空いていることと店内があまり広くないこと、そして隠れ家っぽい雰囲気のせいかなんとなく落ち着く空間が心地よくて、定期的にふと思い出しては足を運んでいる。それを一年ほど繰り返しているうちに常連になっていた。いつもblack numberの曲がかかっているから（夫婦揃って大ファンらしい）けっこう曲を覚えたくらいに。

あまり気張らずのらりくらりとやっていこうという方針らしく、ホームページもなければSNSもやっていない。さらに営業は完全不定期で、開いているか否かは来店してみなければわからない。だから、立ち寄ったときに営業しているとちょっとした当たりくじを引いた気分になる。それが楽しくて通っているのもあるかもしれない。

カウンター席に座っていた旦那さんが上半身を翻《ひるがえ》し、いつも通り「……ませ」と会釈をしてくれた。結季さんが見当たらないし、いつも警戒心MAXで迎えてくれるワンちゃんもいない。私は犬が大好きだけど、なかなか懐いてもらえずに困っている。

「今日って結季さんいないんですか?」

問うと、旦那さんは天井を指さした。二階にいるという意味だろう。待っていればそのうち下りてくるだろうか。

旦那さんは結季さんと対照的で超絶無口だしあまり目も合わせてくれないけれど、結季さんいわく『知り合って三年くらい経てば普通に喋るよ』らしいので、旦那さんとワンちゃんが心を開いてくれる日を楽しみに、あと二年は足繁く通ってみようと思う。

旦那さんがカウンター席を空けてくれたから、そこに腰かけて冷えた両手をこする。先月までは、夏が永遠に終わらないんじゃ……と心配になるくらい暑かったのに、十月に入ると夜は一気に寒くなった。

奥のテーブル席には先客がいた。若くて可愛らしい女の子と、大人っぽくて美人な女性のふたり組だ。

「——今日こそ夜道で後ろから襲ってやるって何回思ったかわかんない。ぼーっとしてたらネットでナイフとかスタンガンとか買いそうになってたことあるし」

「思いとどまってくれてよかったです」

「ほんとだよね。刺したら返り血塗れで逃走中に即逮捕だろうし、かといってスタンガン使っても気絶した男をひとりで運ぶなんて現実的に無理だし」

「そういう意味ではなくて」

ものすごく物騒な話をしている。

内心ひやひやしながら、気配を消してコーヒーが届くのを待った。

「また暗い顔してるねえ」

突如現れた結季さんが、旦那さんが淹れてくれたホットコーヒーをテーブルに置いた。エプロンはしているけれど、たぶん寝起きだ。ワンちゃんも一緒に寝ていたのか、やっと会えたのにいつもに増して機嫌が悪そうだ。

ここに通っている理由はもうひとつある。

昔から周囲に合わせて生きてきた私は、あまり人に本音を言えない。だけどなぜかこの結季さんには言えてしまう。

それは第一に、ちょうどいい他人だからだと思う。家族でも友達でも同僚でもなく、距離感が絶妙なのだ。そして第二に、単純に結季さんがどんな話でも聞いてくれて、私が求めれば意見やアドバイスをくれるからだ（たまにけっこうきついけど）。

「今日はちょっと、なんていうか……深めの話してもいいですか？」

あまり人に聞かれたくない内容だと察したらしい結季さんは、テーブル席のお客さんが帰ったら時間を作ってくれると言った。しばらくして彼女たちが帰り、旦那さんに厨房にこもっているよう伝えてから私の隣に腰かけた。

私にとってはデリケートすぎる相談をいきなり切り出すことはできず、ひとまず近況報告から始める。もたもたしているうちに新たなお客さんが来店し、なおさら言いにくくなるという負のスパイラルに陥ってしまった。

すうっと厨房から出てきた旦那さんが仕草だけでテーブル席に案内するのを横目に見つつ、それでもなかなか切り出すことができずにつらつら喋っていると、

「うん、そろそろ本題入ってもらっていい？　夜の話だよね？」

じれったそうに結季さんが言った。

話がどんどん脱線しすぎて完全にタイミングを見失っていたから、察しがよくて助かった。

「は……はい。その……実は、彼氏と……レス気味、で」

「ああ、きついよねえ」

「やっぱりそうですよね……」

「あ。もしかして断る側？」

視線をコーヒーに落として、小さく頷いた。

「彼氏のことは大好きなんです。だけど、どうしても〝したい〟って思えなくて」

「嫌いなの？」

「嫌い……では、ないと思います、けど」

「だけど無理にしてたら、嫌いになっちゃうよ」

最大の悩みはまさに結季さんの言った通りだった。

同棲を始めてから、予想通り頻度が増えた。そのせいか、最近はただただ苦痛になってきているのだ。早く終わってほしいと心の中で懇願してしまう。

私にとってセックスは〝好き〟の延長線上どころか〝しなければいけないこと〟になってしまっていた。

「でも……大事なこと、じゃないですか。その……アレって。もしそれで浮気されたり、振られたらどうしよう、って、怖くて」

「そっか、浮気されるのも嫌なのか」

「そりゃそうですよ。浮気されてもいいなんて人いますか？」

「いるよ？　いっそのこと外で済ませてほしいって」

信じられない。もしも楓に浮気をされたら、私はたぶん死にたくなる。

「まあ実紅ちゃんはそういうタイプじゃないか。ちなみに、お店で済まされるのも嫌なの？」

「お店でって……えっ？　い、嫌に決まってるじゃないですか！　なに言ってるんですか!?　それに楓はそんな人じゃ――」

ない、と最後まで言い切れなかった。

楓を疑う気持ちが生まれたわけじゃない。信じているからこそだ。

「相手には我慢を強いてるのに、自分が嫌なことはひとつもされたくないの？」

私が意見をほしがるタイプだと知ってから、結季さんは（わりと容赦《ようしゃ》なく）意見をくれるようになった。おまけにうじうじと悩みがちな私と違ってさっぱりしているから、私には到底思いつかないようなことをさらりと言う。だからこそ相談できるのかもしれない。

正直傷つきはするけれど、結季さんの言う通りだ。

私はしたくない。だけど浮気はされたくない。別れたくもない。お店に行かれるのも嫌。――できるならこのまま、プラトニックな関係になりたい。

それはあまりにも勝手すぎるんじゃないだろうか。

そんな我儘がまかり通るわけがない。

私が嫌がることを絶対にしないでくれる楓に甘えているだけだ。

嫌われても浮気をされても別れを切り出されても万が一そういうお店に行かれたとしても、私は文句を言える立場じゃないんだ。

「恋愛感情ってめんどくさいねえ。まあまったくわかんないわけじゃないけど、別れたくないなら解決法を探さなきゃいけないよ。したくない理由に心当たりある？」

考える必要はなかった。

かといって、頭にはっきりと浮かんでいる理由は、とても楓に打ち明けられる内容ではない。

視線を上げられないまま、わずかに首肯する。

「単に嫌いとかだったらどうしようもないかもしれないけど、理由があるなら彼氏に言った方がいいんじゃない？」

「でも……理由を言ったら、その瞬間に終わっちゃうかもしれません。絶対に別れたくないんです」

だったらどうしたいんだ、と自分で突っ込みたくなった。

どうして私はこうなんだろう。うじうじしてばかりの自分が心底嫌になる。

涙で視界が歪んだ。だけど結季さんは泣かれるのが苦手だと知っているから、必死に堪えた。

「別れたくないからこそだよ。大切なことを話し合えないと、どっちにしろいつか気持ちが離れちゃうよ。恋愛って特に、びっくりするくらい脆《もろ》いから」

いつもながら励まそうとしてくれているのか心を折ろうとしているのかよくわから

ないけど、恋愛は脆いということを、私自身よく知っていた。

だからこそ不安ばかりが膨らみ、どうしても打ち明けられないのだ。楓も彼らと同じように、あっさり私から離れていったらどうしよう、と。

——下ばっかり向いてると、どんどんネガティブ思考になるんだよ。

いつか結季さんに言われたことを思い出し、顔を上げた。たぶん目は赤くなっているけれど、涙はこぼれていないからセーフだろう。

「でも、あっさり壊れるか絆《きずな》を深めるかは自分たち次第だよ。彼氏くんは、ろくに実紅ちゃんの話も聞かないで簡単に離れていくような人なの？」

大きくかぶりを振る。楓はそんな人じゃない。私が弱いから不安になってしまうだけ。

「一回だけ、余計なこと一切考えずに馬鹿みたいに彼氏のこと信じて、自分が持ってる以上の勇気振り絞って、素直に打ち明けてみるのもありじゃない？」

まあまあ深刻な話をしているはずなのに、結季さんは頬杖《ほおづえ》をついて悪戯っぽく、なんならちょっと楽しそうに笑っていた。

玄関のドアを開けると、リビングのドアの隙間から明かりが漏れていた。

「おかえりー」

お風呂上がりらしい楓は、まだ火照《ほて》っている顔で私に満面の笑みを向けた。

倦怠期ってなんだろう。私は楓に飽きを感じたことなど一度たりともない。今でもふとした瞬間にかっこいいなってドキドキしたりするし、こうした何気ない日常のワンシーンに、幸せだなあ、やっぱり好きだなあ、と何度でも思う。

なのに、どうしてしなければいけないんだろう。それさえなければ、私はきっと素直に満たされるのに。

どうしてできないんだろう。それさえできれば、楓を満たせるのに。

――セックスさえ、ちゃんとできれば。

「え……実紅？」

ソファーに座っている楓に歩み寄り、隣に腰かける。手を伸ばして楓の頬に触れ、ゆっくりと顔を近付けた。

一度唇が触れると、楓の顔から当惑が消えた。

大丈夫。きっと大丈夫。できないのは、私が考えすぎているだけだ。ちゃんと集中すれば問題ないはずだ。

楓の手に、唇に、息に、声に、神経を集中させる。余計なことを一切考えずに、目の前にいる楓だけを見つめればいい。

ただそれだけでいい――。

「やめよっか」

今の今まで耳元で感じていたはずの声が遠かった。目を開ければ、楓はいつの間にか上半身を起こしていた。

そこでやっと、自分がずっと目を閉じていたことに気付いた。

「したくないんだろ？」

楓はそう言って、私の服の中に滑り込ませていた手を抜いた。

放心している私の頭をぽんぽんと撫でる。

「……ごめん、楓」

「いいって。俺もごめんな。なんか気遣わせちゃって」

おやすみ、と微笑んで隣に倒れ込んだ楓の背中は、ひどく遠く感じられた。

上下する背中を見つめながら、私はめくれた服を正す気力さえも失っていた。

最低最悪だ。

何か月も我慢させたうえ、自分から誘っておいて結局だめだったなんて。しかも楓に謝らせるなんて。

どうしようもなく泣きたくなった。

泣きたいのは、きっと楓の方なのに。

眠れない夜を過ごし、朝になると楓が静かにベッドから降りた。先に起きたときは私を起こさないようにそうしてくれる。耳を澄ませると、楓が家を出ていったことを聴覚で感じ取った。

体を起こし、ベッドから降りる。暖房がついているのに、楓がいないリビングはやけに寒々しかった。

ソファーの左側に座り、ぼんやりと空《くう》を見つめる。

楓が私に断りもなく家を出ていったことなんて、今まで一度たりともない。

連絡をする気にはなれなかった。

今は私と一緒にいたくないのかもしれない。いや、かもしれない、じゃない。顔を合わせたくないに決まっている。

楓はずっと私の拒否オーラを感じ取っていたはずだ。終いには昨日のあれだ。

――ほんと実紅は優しいなあ。

違う。私は優しくなんかない。泣きたいのは、楓を傷つけてしまったことに対してだけじゃない。いよいよ愛想を尽かされたかもしれないという、自分自身への心配が大半を占めている。

そうやって、楓の気持ちを無視し続けていたツケが回ってきたのだと思った。

もし振られたって、私に引き留める資格なんてない――。

「あ、起きてたんだ」

リビングに声が響き、はっと我に返る。

振り向けば、楓は手にコンビニ袋を提げていた。

「お……おかえり」

出ていったわけじゃなかったことに驚いて、同時にほっとした。

今すぐに抱きつきたい衝動に駆られて、ソファーから立ち上がる。

だけど、足を前に出すことができなかった。

「ただいま。あとおはよ。朝飯買ってきたけど、食う？」

「あ……うん」

「適当にいろいろ買ってきたから好きなの食っていいよ。で、食後のデザートはこれな」

楓が袋から出したのは、私が大好きなスイーツだった。

私が落ち込んでいるとき、仕事でちょっとした成果が出たとき、些細なことでもなにかあるたびに買ってきてくれる。

「……出ていったのかと思った」

「なに言ってんだよ。そんなわけないだろ」

「だって……怒ってないの？」

「言うと思った。怒ってないよ。俺より実紅の方がよっぽど気にしてるだろ」

袋からひとつずつ取り出し、テーブルに並べていく。

「けど、正直ちょっとショックは受けてる」

「……ごめん」

「謝ってほしいわけじゃないんだよ。俺はただ、ちゃんと言ってほしくて」

全てを並べ終えて、袋を丁寧に折り畳んでいく。

「したくないならしたくないって、はっきり言ってほしい。昨日みたいに、無理にしようとしなくていいからさ。俺もその、したいオーラ出してプレッシャー与えちゃってたかもだけど。だから、それはごめん」

袋を畳み終え、テーブルに置く。けれど私の方を見てはくれない。

「あと、理由があるならそれも知りたい。べつに怒んないからさ。実紅が考えてること、ちゃんと言ってよ。冷めたとか嫌いになったとか――」

「そんなわけないじゃん！」

思わず声を上げると、楓は弾かれたように振り向いた。

――大切なことを話し合えないと、どっちにしろいつか気持ちが離れちゃうよ。

そんなの絶対に嫌だ。楓との関係を終わらせたくない。

楓と、ずっと一緒にいたい。

「どうしても……したいって思えないの」

こんな曖昧な言い方じゃだめだ。ちゃんと、理由を言わないと。

「しても、みんなみたいに、気持ちいいって思えないの」

「……えっ」

「あ、ごめん、その、楓がどうとかじゃなくて、……私の気持ちの問題で」

過呼吸になりそうなくらい、うまく息を吐けなかった。

「高二の、とき。……初めて、彼氏ができて。付き合って半年くらい経ったときに、その、初めて……して」

こんな話を彼氏にするなんて間違っている。聞きたくないに決まっている。だけど、こんなうやむやな気持ちのまま楓と過ごすのはもう嫌だ。

楓に嘘をついて、言い訳を並べるのももう嫌だ。

今言わなければ、向き合わなければ、ずっと逃げ続けてしまう気がする。

静かに耳を傾けてくれている楓にしっかりと目を向けて、必死に言葉を紡いだ。

楓なら聞いてくれると、馬鹿みたいに信じたかった。

「それまでずっと避けてたの。だって私、怖かったし、心の準備なんてできてなかったから。だけど、私がやんわり拒否するたびにちょっと不機嫌になるし、友達にも、半年も我慢させるのは可哀想だって言われて」

足が、手が、小刻みに震えていた。

楓は立ったまま私をじっと見つめていた。

「ごめん。こんな話聞きたくないよね。わかってるんだけど……」

「聞くよ。最後までちゃんと聞く。ゆっくりでいいから、全部話して」

楓はダイニングの椅子に座り、視線で私にもソファーに座るよう促した。だけど座ったら決心が鈍ってしまいそうで、恐怖が勝ってしまいそうで、とても打ち明けられそうになくて、私は突っ立ったまま続けた。

「怖いし痛いし、泣いちゃって……二度としたくないって、思った。彼も謝ってくれたから、しばらくは控えてくれると思ったのに、次会ったとき、当たり前みたいに、またそういう雰囲気に持っていかれて。すごく痛かったからしばらく待ってほしいってお願いしたら、何回かすれば慣れるっしょ、って言われた」

なぜ一度すると、それが当たり前になるんだろう。半年も待ってくれたのが嘘みたいに、会うたびにそればかり求められるようになった。

「体はちょっとずつ慣れて、痛みはなくなっていったんだけど……それでも、どうしても気持ちが追いつかなくて、体が強張っちゃうの。……怖いって、思っちゃうの」

そんな状態で体が反応するはずもなく、中断せざるを得ない日々が続いた。

「いつまでも嫌がる私に呆《あき》れて、うんざりって顔されて、そのうち怒るようになって……振られた」

彼が怒るのも無理はなかったのかもしれない。私に問題があったのかもしれない。だってみんなは普通にできているのだから。

どうして私はちゃんとできないんだろうと自己嫌悪に陥った。だけど同じくらい、どうしてしなければいけないいんだろうという疑問が膨れ上がった。

私は、一緒にいられるだけで満足だったのに。

「それからしばらくは誰とも付き合わなかったけど、大学に入ってから彼氏ができて。今度こそ大丈夫だと思ったのに、どうしてもだめで。それからしばらく控えてくれてたから、優しい人だと思ってたのに……ただ浮気してただけだった。私が責めたら、逆に怒られたの。おまえが拒否るからじゃん、って」

なぜ〝初めてじゃない〟というだけで、当然その行為を受け入れると思われてしまうんだろう。

経験があるからって、当然のようにできるわけじゃないのに。

初めてじゃなくたって、怖いものは怖いのに。

「大事なことだってわかってる。我慢させちゃってた私も悪いってわかってる。だけど、しなきゃって思えば思うほど、体が勝手に強張っちゃうの」

楓は表情を変えず、そして相槌すら打たなかった。

この話を聞いて、なにを思っているのだろう。

今にも気絶しそうなくらい、怖い。

「嘘ばっかりついて、拒否してごめん。傷つけてごめん。でもしたくないなんて正直に言ったら、楓に嫌われるかもしれないって怖かった。……私、楓のこと本当に大好きだから、絶対に別れたくないから——」

「嫌わねえし別れねえよなに言ってんだよ」

ひと息で言った楓は、ふう、と息を吐いた。

「やっと話してくれた」

「怒ってないの……?」

「だから、怒んないって。いや怒ってるか」

「……ごめん」

「いや、実紅にじゃなくて元彼に。ふたりとも殺してやりてえなって」

「えっ」

「実紅のこと傷つけたから」

椅子から立ち上がった楓は私に歩み寄り、いつの間にか固く握りしめていた私の拳《こぶし》をほどくようにそっと握った。

「さっきも言ったけど、俺はただ実紅の気持ちを知りたかっただけだよ。怒るどころか今ほっとしてる。同棲するとき、すげえ渋ってたじゃん。だから嫌だったのかなってずっと引っかかってたけど、もしかしてそれが理由だった？」

「……一緒に住んだら、毎週しなきゃいけなくなるって思った」

「毎週なんかしなくていいよ。大学の頃だって泊まったとき毎回してたわけじゃないだろ」

そうだ。楓は決してそればかりにならなかった。

手をつないで眠るだけの日も、映画を観ているときや話しているうちに寝落ちしてしまった日もある。私が先に眠ってしまった翌朝、怒っている様子なんて微塵もなく、おはよ、と微笑んでくれた。

なのに、どうして勝手に身構えて勝手に怯えていたのだろう。

楓が私に無理強いをしたことなんて、一度もなかったのに。

「そりゃあさ、したいよ。もちろんしたい。だから、この先ずっとしないとかは正直無理だし、実紅がしたいって思えるまで何年でも待つとか、かっこいいことは言えないけどさ。でも実紅にだけ我慢させるのは違うし、俺だってそんなの嫌なんだよ。それに、いくら付き合ってても嫌がる相手に無理強いするのはレイプと一緒だろ」

瞬く間に視界が歪《ゆが》んだ。

怖いと言ってもやめてもらえなかったとき、まるでレイプされているみたいだった。

あまりにも被害妄想がすぎると思って誰にも言えなかったことを、楓が言ってくれたことが嬉しかった。

どうして私は楓を信じようとしなかったんだろう。

楓はいつだって、私の気持ちを考えようとしてくれるのに。

「でも……そんなの、結局楓ばっかり我慢することになっちゃうよ」

「んなことないって。お互い様。それに、実紅がいなくなるより何万倍もましだから」

私もそうだったのだ、と思った。楓を失うくらいなら、我慢する方がましだったのだと。

だけど、それだけじゃだめだったんだ。

これからも一緒にいたいからこそ、向き合わなければいけなかったんだ。

「俺はそんなことで嫌いになったりしねえし、浮気もしねえ。だから、実紅ももう無理しないでほしい。これから何回でも、何時間でも話し合っていこうよ。元彼のことがトラウマなのもわかるけどさ、俺は俺だよ。だから、俺を信じてよ」

嗚咽が込み上げて、言葉にならなかった。

代わりに、何度も何度も強く頷いた。

楓に抱きしめられても、もう体が強張らなかった。素直に安心して、心地いいと思えた。

限界以上に勇気を振り絞ってよかった。

馬鹿みたいに楓を信じてよかった。

楓を好きになってよかった。

穏やかに微笑む楓を見ていると、心からそう思う。

「楓、あのね」

「ん？」

「愛してる」

目をまんまるに見開いた楓は、しばし放心した。

やがて顔を真っ赤に染めて、照れくさそうに、そして嬉しそうに微笑んだ。

サレカノ

ありがちな展開だった。

専門学校卒業間近の冬、就活を終えて暇を持て余していた私は、友達に誘われて飲み会に参加した。そこには友達の友達の友達の……つまり顔も名前も知らない人たちで溢れていた。

一軒目はダイニングバーを貸し切って何十人かでのパーティー、二軒目はカラオケのＶＩＰルーム、そして何次会かわからなくなった頃に誰かの家で飲むことになった。宅飲みという緩い雰囲気と、さらに明日のことを気にしなくていいという最高の状況で飲んだくれた私たちは、泥酔して床に雑魚寝をした。

ふと目が覚めると、私の隣でくたばっていたのは、一次会で話しかけられた瞬間から気になっていた男の子だった。理由はただひとつ、顔が意味不明なくらいドタイプだから。

彼も目を開けて、至近距離で数秒間見つめ合った末に手が伸びてきた。

私の後頭部を撫でる。

手の動きが止まったとき、次の展開が予想できた。

予想通り、彼の顔がゆっくりと近付いてくる。

すでに酔いは醒めていたけれど、私は〝アルコールが抜けておらず、なおかつまだ眠りから覚醒していない風〟を装って、全身の力を抜いたまま彼のキスを受け入れた。

すると彼は起き上がり、私の手を引いて『抜けちゃおっか』と微笑んだ。彼の笑顔にくらくらした私はついていき、彼の家で抱かれた。

その日から、彼——叶愛《とあ》くんは私の彼氏になった。

*

「だから！　絶対こっちの方がいいですって！」

「だから、その理由も含めてちゃんと企画書に書いて再提出してくれる？」

「ちゃんと書いてあるじゃないですか！」

「書いてるつもりってだけだよね。実際に俺が読んでも伝わんなかったし」

「はあ!?　読解力の問題じゃないんですか!?」

「ははは、上司に向かってすごい口の利き方するねえ。いいから再提出」

終業時刻直前の会議室で、先輩の美波《みなみ》さんと上司の浜辺《はまべ》さんが討論（という名の喧嘩）を繰り広げていた。外はすっかり秋だというのに、この会議室はどんどんヒートアップするふたりのせいで熱気がこもっている。

ちなみに美波さんはアラサー、浜辺さんはアラフォーである。とてもそうは思えないほど幼稚な、まるで子どもの喧嘩みたいだ。いつものことなので、周囲にいる私たちは無になってその姿を見守る。というか、ただ時が過ぎるのを待つ。

もはや殺意すら感じさせる美波さんの視線を浜辺さんが朗らかな笑みでかわしたところで、時計の針が十八時を示した。

「あのー……」

むっかつく！と背中で叫びながら去っていった美波さんを見送り、恐る恐る浜辺さんに歩み寄る。

「定時なので、上がっていいですか？」

「ああ、もうそんな時間か。いいよいいよ。お疲れさん」

美波さんの企画をボロクソにぶちのめしながら言い負かしていたときと同じ口調と笑顔で言った。浜辺さんはやたらと美波さんに厳しいいし、美波さんも浜辺さんのことを鬼畜だと言うけれど、私には優しい。

お疲れさまでした、と会釈をして、まだ殺伐とした空気が抜けきらない会議室をあとにした。


今年の春にデザイン系の専門学校を卒業した私は、札幌のデザイン会社に就職した。主にファッションアクセサリーのデザインから制作まで手がけている会社だ。

昔からお洒落が大好きだった私は、もともとファッション誌の編集者に憧れていたけれど、現実はそんなに甘くなく、妥協に妥協を重ねてアクセサリーのデザイン会社を選んだ。

とはいえ、面接で希望した通りデザイン部に配属されたのだから恵まれている方なのだろう。けれど仕事内容はほぼ雑用だ。一応企画書は提出しているものの、新人の私の企画なんて箸にも棒にもかからない。企画が通るのはだいたい、我がデザイン部のツートップである浜辺さんか美波さんだ。

聞くところによると、浜辺さんは入社当初からデザイン部の絶対エースだそうだ。その浜辺さんに才能を見込まれて総務部から引き抜かれたらしい美波さんも、プチプラのカジュアルアクセサリーが主だった我が社で、ブライダルアクセサリーの企画を提案し見事に実現させたという強者だ。

結局は才能がものを言う。つまり凡人がどれだけ頑張っても無駄なのだと悟った私は、仕事に対しての熱意なんてあっという間に冷めた。

それより今は——。

「来ちゃった」

彼氏の叶愛くんがなによりも大切だ。

満面の笑みを作った私の正面で、突撃訪問された叶愛くんは目を見張っていた。

「さ、沙夜《さよ》、今日来るって言ってたっけ？」

「ご飯作るから一緒に食べよ」

途中のスーパーで買ったお酒と食材が入った袋を掲げて、絶句している叶愛くんの横を通り過ぎる。部屋の中を見渡し、異変がないことを確認してからキッチンに立った。

土日休みの私と美容師の叶愛くんとは休日が合わない。だから叶愛くんの休日である火曜日だけはなにがなんでも定時に退社し、こうして料理を振る舞うのが私の中での決まりごとだ。

休みだったはずだし用事があるなんて聞いていなかったのに今日もお洒落をしている叶愛くんが、包丁を握った私の隣に立った。

「連絡なかったから、今日は来ないのかと思ってた」

「してなかったっけ」

「来るときはちゃんと先に連絡しろよ」

「用事でもあったの？」

「いや、ないけど」

じゃあなんで頭の先から靴下まで完璧にお洒落してるの？

「いなかったらそのまま帰るから、気にしなくていいよ」

「そういうことじゃなくて」

「私が急に来たら――嫌？」

困ることでもあるの？と言いかけて、瞬時に軌道修正をした。

「そんなことないけど」

「叶愛くんに会いたかったんだもん」

上目で見つめると、叶愛くんは困ったように眉を下げながらも口角を上げた。

私の頭にのった叶愛くんの手が頬に移動して、そっと目を閉じた。

叶愛くんの服から、嗅ぎ慣れない香水の香りがした。


額に汗を滲ませている叶愛くんをぼんやりと見上げながら、思う。

叶愛くんは気付いているのだろうか。私が気付いていることに。他の女の影を隠しきれていないことに。

それでも私は黙認する。だって私は彼女で、紛《まご》うことなき本命で、他の女の子たちは所詮ただの浮気相手でしかない。それに叶愛くんは超絶イケメンで、おまけに職業柄、女の子と知り合う機会も多い。だから女の子が寄ってくるのもたまに火遊びしてしまうのも、仕方がないことなのだ。

〝一番〟に私を置いてくれるなら、それでいい。

「あのね、叶愛くん」

叶愛くんは終わった途端に冷たくなったりしない。

腕枕をして、頭を撫でてくれる。

「私ってやっぱり才能ないのかな」

「まーた弱気になってる。そんなことないって」

「だって、今回も私の企画なんか余裕で落ちちゃったし。実はけっこう自信あったのになあ」

「沙夜がだめなんじゃなくて、周りの奴らがセンスないんだよ。それに、沙夜が頑張ってることは俺が一番よく知ってるからさ。大丈夫だよ」

薄闇の中で時計をちらちら確認しながら、叶愛くんが優しく微笑んだ。

もうすぐ終電だから帰れという無言の圧をスルーして、今日は泊まるねと無言の圧で返した。

「ありがとう、叶愛くん。大好き」


中学生の頃、目立っていた先輩と仲よくなってアプローチをされるようになり、あっさり恋に落ちた。当たり前みたいに頻繁に連絡を取り合い、ふたりで遊ぶようになるまで時間はかからなかった。他校に彼女がいることを知ったのは、初めてキスをした直後だった。

まだ恋愛経験がなかった私は、彼女とは別れるから、沙夜が一番好きだよ、という彼の言葉を信じてまんまと浮気相手になり、二番目の女のまま処女を捧げた。だけど彼は結局彼女と別れてくれず、私の一年間にわたる初恋は浮気相手のまま呆気《あっけ》なく終了した。

高一の頃、違うクラスの男の子と仲よくなった。先輩のときと同じく流れるように距離が縮まり、流れに乗ってキスをした。その直後、彼が他のクラスの女の子ともいい感じらしいと友達に聞かされた。つまり彼は、私と彼女をキープしつつ、どちらを恋人に昇格させるべきか天秤《てんびん》にかけていたのだ。

あいつはやめといた方がいいよ、という各方面からの忠告を無視し続けた結果、彼はあっさり彼女を選んだ。放課後の教室でキスしているところを目撃したときは、けっこう本気で完全犯罪について夜な夜な調べた。

何度恋愛をしても似たようなことを繰り返すだけで、私を〝一番〟にしてくれる人はいなかった。

いっそのこと、もう男なんてこりごりだと拗《す》ねてしまえればいくらかはよかったのかもしれないけど、私はまったく懲りなかったのだ。だって、普通に結婚して普通に子どもを産みたい。そのために恋愛は必要不可欠だし、というかシンプルに彼氏がほしいし愛されたい。

とはいえ、経験を重ねれば重ねるほどあまりにも想像とかけ離れた現実に直面し、理想と現実は違うのだと思い知らされていた。

そんなときに叶愛くんと出会って、念願の〝一番〟の座を手に入れたのだ。だから、一度や二度や三度や……とりあえず、たかが浮気で彼女の座を降りるなんて絶対に嫌だ。

というのは建前で。

叶愛くんを自ら手放す勇気なんて、私にはない。

＊

「よし、じゃあ今回は浜辺の企画でいこうか」

部長の野太い声が響いた途端、なんともぎこちない笑顔と拍手が会議室を包んだ。

もちろん私も、そして私の向かいに座っている美波さんも、胸の前で拍手をしていた。

入社してから半年、何度こんな場面を目の当たりにしてきただろうか。

制作に取りかかるための役割分担などの説明を受け、会議が終了した。

「沙夜ちゃん、頼んでた仕事もう終わってる？」

会議から約一時間後、大量の書類を抱えてデザイン部のフロアにスライディングする勢いで戻ってきた美波さんが言った。

「すみません、もうちょっとかかりそうです」

「そっか、わかった。悪いんだけど急いでくれる？」

「あ、はい。今日中にはなんとか」

自身の企画が通らなかったとはいえ、美波さんは浜辺さんの右腕だ（本人たちは頑なに認めようとしないけど）。ただでさえデザイン部のエースとして多忙を極めているのに、新しい企画でも浜辺さんのサポート役としてさらに多忙を極めるのだろう。

そんな美波さんの風貌は、やつれきっていた。

徹夜続きなのか髪はまるで艶がなくパッサパサだし肌も荒れ果てて、目の下の隈も隠しきれていない。せっかくの美人が台無しになっている。

寝る間も惜しんで今回の企画に懸けていたのだと、ぺーぺーの私でさえ容易に察することができた。

「――あの！」

心なしかいつもより小さく見える背中に思わず声をかけると、美波さんは振り向いてきょとんとした。

「今日、飲みに行きませんか？」

唐突な誘いだった。美波さんとは何度かランチをしたことはあるものの、終業後にご飯なんて行ったことはない。

だけど、あまりにも普通に、懸命に仕事をこなそうとする美波さんを見ていると、居たたまれなかった。

会社を出て、美波さんの行きつけの『喫茶こざくら』というお店に連れていかれた。夫婦ふたりきりで経営しているこぢんまりとしたお店らしい。私はもうちょっと、せっかくの女子会なのだから、せめて半個室のお洒落なダイニングバーとかがよかったのだけど、今日は美波さんを励ます会だから文句は言えない。

ドアを開けると、なんというか、その、これといって特徴のない、あまり印象に残らなさそうな、ものすごく普通の……いや、優しそうな男の人がカウンターに立っていた。

「立花《たちばな》さん、こんばんはー」

こざくらさんじゃないの？

びっくりしつつ彼を見れば、接客業だというのに『いらっしゃいませ』もなくふわっと頭を下げた。

「結季さんはお休みですか？」

「上でワンコと寝てる。そろそろ起きると思うけど、起こしには行かないよ。気持ちよさそうに寝てたし、結季ちゃん寝起きクソ悪いから」

「大丈夫です。今日はひとりじゃないし」

営業中に寝てるの？と疑問に思っていると、美波さんが歩きだしたからあとを追った。

四人がけのテーブル席に向かい合って座り、ビールとカシスオレンジを注文する。お腹が空いているのに、調理担当は奥さんらしく、今は作り置きのおつまみか軽食しか出せないと言われた。じゃあ適当にお願いします、と美波さんが伝えると、旦那さんは幽霊みたいにすうっと去っていった。なんとも変なお店だ。

運ばれてくるのを待っていると、

「お待たせしましたー。美波ちゃん久しぶり。ひとりじゃないの珍しいねえ」

さっきまでいなかった女性が颯爽《さっそう》と現れた。

エプロンはしてるけど寝癖がついてるし目も半分くらいしか開いてないし超寝起きっぽい。たぶん例の結季さんだろう。

「今日は後輩が誘ってくれたので」

「はじめましてー。ゆっくりしてってねー」

とても店に立つ風貌ではない結季さんにぎょっとしている私を気にする素振りもな

く颯爽と去り、今度は来店した女の子と親しげに喋っている。なんか自由な人だ。たぶん二十代半ばか後半くらいだと思うけど、幼いというか、なんとなく野生的な感じがする。

美波さんは、綺麗な顔に似合わないちょっと雑な所作でビールをごくごくと喉に流した。さらにぷはーっとちょっとおじさん臭いアクションをしてから、私を見据えて微笑んだ。

「もしかしなくても、気遣ってくれたんだよね？」

「あの……はい」

「あはは、ありがと。でも大丈夫だよ。落ち込んではいるけど、慣れてるから」

落ち込んでいると言いながら翳りのない笑顔を見せる美波さんに、逆に胸が痛む。

企画会議は月に一度だから、私はすでに七回経験している。浜辺さんは管理職だから毎回企画を出すわけではないけれど、浜辺さんが参加するとほぼ確実に美波さんの企画が落ちる。きっと私が入社するずっと前から、何回もこうして負けを経験してきたのだろう。

「あんなに企画蹴落とされてあんなに舐《な》めた態度取られて、むかつかないんですか？」

「むかつくよ？　十年以上の付き合いだけど、今日こそ夜道で後ろから襲ってやるって何回思ったかわかんない。ぼーっとしてたらネットでナイフとかスタンガンとか買いそうになってたことあるし」

「思いとどまってくれてよかったです」

「ほんとだよね。刺したら返り血塗れで逃走中に即逮捕だろうし、かといってスタンガン使っても気絶した男をひとりで運ぶなんて現実的に無理だし」

「そういう意味ではなくて」

「それに、殺《や》っちゃったら浜辺さんのデザイン見れなくなっちゃうからね」

「そういう意味でも……へ？」

グラスを口に運ぼうとした手が止まる。

美波さんは運ばれてきたおつまみをぱくぱくと食べ始めた。

「浜辺さんのデザイン、見たいんですか？」

「見たいよ？　このテーマと予算でこれ以上のもの作れないだろうなってくらい、毎回素敵で最高なんだもん。あの人の頭どうなってるんだろうね」

「そうですけど……美波さんって浜辺さんのこと嫌いなんだと思ってました」

びっくりしている美波さんを見て、私がびっくりしてしまう。

入社したばかりの頃は、むしろふたりが付き合っているのかと勘繰っていたこともあった。喧嘩は日常茶飯事だけど、それは仲がいいからこそなのかもしれないと思っていたし、浜辺さんは叶愛くんと付き合っていなければ危うくひと目惚れするところだったくらい超絶イケメンだから、ふたりが並んでいるとものすごく絵になる。だけど前に一度『お似合いですよね』と言ったら『やめてよ気持ち悪い！』と心底汚らわしそうに言われたから、よほど嫌っているのだろうと思っていたのに。

浜辺さんが既婚者だと知ったときは驚いた。奥さんは総務部にいると知って覗いてみたところ、年相応の外見で、しかもちょっとふっくらした人だった。美波さんの方がよっぽどお似合いだと思うのは私だけじゃないはずだ。

「嫌いじゃないよ。死ぬほどむかつくけど、死ぬほど尊敬してる」

「むかつくと尊敬って矛盾してません？　正反対じゃないですか？」

「同じだよ。むかつくのは、あの余裕ぶっこいた人を見下す態度ももちろんそうだけど、単に嫉妬してるからだよ。あたしの企画が浜辺さんの企画に勝ったことなんかほとんどないし、販売後の売上だって到底敵わない」

それが美波さんの謙遜じゃないことを私は知っていた。

新作発売後の売上のトップは浜辺さんで、美波さんはいつも二位。そして一位と二位の間には歴然たる差がある。

「だけどそれは、浜辺さんのせいじゃないでしょ。単にあたしのセンスと実力が浜辺さん以下だってだけ。自分に才能がないのを人のせいにしたくないし、悔しいからこそ頑張れるっていうのも大きいから。嫉妬するのは羨ましいからだよ。自分の感情を間違えたくないの」

美波さんの持論はかっこよすぎて、私の胸にグサグサと刺さった。

だって私は、自分の企画が通らないのを心のどこかで美波さんや浜辺さんのせいにしていた気がする。

「だったら……なんであそこまで噛みつけるんですか？　あんな才能の塊《かたまり》みたいな人に勝てっこないじゃないですか」

「努力が才能を超えることだってあるかもしれないじゃん。それに、浜辺さんは才能以上に努力してるから。誰よりも早く出社して、誰よりも遅くまで残ってる。家に帰ったあとだって仕事してる。だから、その熱意にも憧れてるし尊敬してるの」

「あ、なるほど」

「なにが？」

「浜辺さんって子どももいないじゃないですか。なんでだろうってずっと不思議だったんですけど、たった今腑《ふ》に落ちました。でも、そんなの奥さんが可哀想ですよね」

喋りながらも絶え間なく手を動かし続けていた美波さんの手が初めて止まる。

「なんで可哀想なの？」

「だって普通、女なら子どもほしいじゃないですか。確か浜辺さんと奥さんってタメですよね？　しかも結婚してけっこう長いみたいだし。なのに浜辺さんが仕事にかまけてるせいで子どもつくれないなんて」

美波さんは視線を落とすだけでなにも言わなかった。美波さんは浜辺さんの奥さんとも仲がいいみたいだから、同意してくれると思ったのに。

「沙夜ちゃんは、仕事好きじゃないの？」

ちょっと話を流されたなと思いつつ、あまり触れない方がいいのかもしれないと解釈して「なんでですか？」と返す。

「会社にいるとき上の空なこと多いし、いつもさっさと帰っちゃうでしょ。もちろん残業を強制するわけじゃないけどね。ただデザイン考えてるとき楽しそうだし生き生きしてるのに、もったいないなあと思って」

なにがもったいないのかわからなくて首をひねる。

確かにデザインを考えているときは楽しくてつい夢中になってしまうし、妥協に妥協を重ねて選んだ会社だったはずなのに、いつの間にかやりがいみたいなものを感じ始めた時期もあった。

だけど何度も何度もまるで相手にされなかったら、誰だって心が折れるはずだ。企画が通らないということは、自分には才能がないのだと思い知らされるということなのだから。

「浜辺さんが言ってたの。沙夜ちゃんはやる気さえあればなあって。……いや、やる気出したら出したで浜辺さんの支配下に置かれちゃうから複雑なところなんだけど……」

私のやる気をことごとくぶちのめしているのは浜辺さんを含む上司たちなのだけど。私の企画が最終候補に残ったことは一度もない。

天才は九十九パーセントの努力と一パーセントの才能とか言うけれど、そんなことはないと思うし、そもそも一パーセントも才能がなければ頑張っても無駄ということだ。

だったら私は、普通に結婚して普通に子どもを産んで、息抜き程度に働ければそれでいい。

*

初めて美波さんと飲みに行った日から、たまに『喫茶こざくら』でご飯を食べるようになった。

短かった秋が終わり、初雪が降り、あっという間に街が白くなっていく。

クリスマスが終わっても、まだ余韻に浸っているキラキラした街並みが恨めしい。

今年のイブは火曜日だったから叶愛くんと一緒に過ごせると思っていたのに、友達とパーティーだとか言って誘いを断られたのだ。付き合ってから初めてのクリスマスだったのに。

「美波さんって彼氏いないんですか?」

「いないよ。もう二年以上かな」

「でも絶対モテますよね。それだけ美人だったら」

「モテるかはわかんないけど、元彼の人数はまあまあいるかな」

美人は否定しないんですね。

「経験豊富そうですもんね」

「元彼の人数が多いのと経験が多いのは違うでしょ」

その理屈はちょっとわからなかった。付き合った人数が多いなら、それだけの経験を重ねているということじゃないのだろうか。

「ラインナップは豊富だけどね。モラハラ、マザコン、DV、浮気とか諸々。ネタだけはたくさんある」

「浮気！　聞きたいです！　浮気彼氏の話聞かせてください！」

「あ、ああ、うん、いいけど」

勢いに任せて飛びついてしまったけれど、失敗だったかもしれないと早くも後悔する。

だって今彼氏がいないということは、言わずもがなその彼とは別れたということだ。きっと浮気癖は治らないとかなんとか、ネガティブな言葉を浴びせられることになるだろう。

だけど撤回したら変に思われそうだから、神妙な面持ちを作った。

「ていっても、なに話せばいいの？」

「えっと……じゃあ、いつの彼氏ですか？」

「浮気されたのは、中学のときの初彼と、最後に付き合った人かな」

「え……初彼に浮気されるってきつくないですか……？」

「うん、きつかった。浮気されて謝られての繰り返しで、自分でもどうしたいのかわかんなくなっちゃって」

共感しすぎて吐きそうだ。

「えっと、じゃあ……なんで別れられたんですか？」

口を衝いて出た質問に、自分でびっくりした。

なんでこんな質問してるんだろう。私はべつに叶愛くんと別れたいなんて思っていないのに。

この間も深夜に女から電話がかかってきたし、私にはまったく覚えのないデートスポットの話もされたし、友達とクリスマスパーティーをしたのが本当なのか心底疑わしいし、ベッドでなんだかシャンプーっぽい甘い香りもしたけど、別れたいなんて思っていない。

「中学時代の彼氏は、最終的に彼氏が他の女の子に乗り換えて。最後に付き合った人のときは、結季さんに言われたの。浮気はする方が悪いと思うけど、される側も、二回目以降は自己責任じゃない？って」

思わず絶句する。

浮気ってされる方も悪いの？

「え……どういうことですか？」

「一回目の浮気は事故みたいなもんでしょ。誰も浮気されると思って付き合わないし。だけど一回されたあとは、浮気する人だってわかってるうえで付き合ってるわけじゃん。だから、全部相手のせいにして被害者面するのはちょっとずるいよね、って」

あれ。なんか、心臓が痛い。

自分が言われたわけじゃないのに、意味わかんないくらい刺さる。

「それがすっごい刺さっちゃって。そしたらなんか馬鹿らしくなっちゃったんだよね。なんで別れられないんだろうって考えてみたら、単に別れる勇気がないだけだった。例えば嫌なことがあったときとか、都合のいいときに優しくしてくれて甘やかしてくれる存在を手放せなかっただけだって気付いたの」

「でも……それって当たり前じゃないですか？　誰だって辛いときは誰かに一緒にいてほしいし、慰めてほしいですよ。好きな人ならなおさら。それに、傷ついても好きな人と一緒にいたいって思うのは当たり前だと思います」

「あたしってもともとけっこう依存体質だったから、そう思ってた時期もあったけど、もう三十一だしさ。これからはお互いを大切にして、尊重し合えるような恋愛がしたいの」

さりげなく〝それは依存だ〟と言われた気がして、意気消沈してしまう。

美波さんがそういう意味で言ったのかはわからない。それでも今傷ついているのは、私自身が叶愛くんに依存しているという自覚があるからかもしれない。

「結季さんに言われたときに、もうひとつ気付いたの。ずっと男運最悪だと思ってたけど、クズしか寄ってこないのはあたし自身がふらふらしてるからかもって。人って、簡単に手に入れたものは大事にしないいんだよ。逆に、大事にしたいと思える相手なら無下にしたりしないと思う」

いっそのこと耳を塞いでしまいたかった。

いや、もはやこの場から逃げ出したい。

美波さんの真情は、今の私には痛すぎる。

危うく泣きかけている私に気付くことなく、美波さんは穏やかな口調で続けた。

「相手に求めるより、あたし自身が大事にしたいって思ってもらえるような人間にならなきゃいけなかったんだよね。だからまずは依存体質を治して、ちゃんと自分の足で立てる強い女になろう、今は恋愛より仕事を頑張ろうって思ったの。そんな感じで必死に突っ走ってたら、いつの間にかこの歳になっちゃってたけど。まあおかげで自分の人生の責任取れるのは自分だけなんだってことにも気付けたから、結果よかったかな」

そうですよね、とは、とても言えなかった。

自分の足で立ちたいと思ったことが、なにかを本気で頑張ろうと思ったことが、私は一度でもあっただろうか。

いつだって私は、誰かに責任を取ってほしいと思っていた気がする。

なにかに興味を持って取り組んだとき、思うように事が進まなければすぐに〝向いてない〟と判断して諦めてばかりだった気がする。

私が放心していると、さっきまでいなかったはずの結季さんがお酒のおかわりと追加の料理を運んできた。いつもふらっと現れるからびっくりする。足下には、立花さん夫婦にしか懐かないらしい犬がまとわりついている（こないだ撫でようとしたら噛まれそうになった）。

改めて結季さんをじっくり観察してみても、やっぱり幼くてなんだかぽけーっとしていて、とても美波さんから聞いたような鋭い意見を言う人には見えない。むしろ、ぱっと見のイメージ的には、どちらかといえば私と似たタイプっぽい気がするのに。

……あれ？

ていうか、結季さんって何歳なの？　そういえば『美波ちゃん』って呼んでるしタメ語だし、逆に美波さんは敬語だし、まさか美波さんより年上？　二十代にしか見えないんだけど。

不定期すぎる休日や営業時間にしても統一性がなさすぎるメニューにしても年齢不詳の結季さんにしても愛想ゼロの旦那さんにしても、この喫茶店は変すぎて謎すぎる。ていうかずっと思ってたけど、喫茶店じゃなくて居酒屋でしょ。

「ごめん、なんかすごい語っちゃった。沙夜ちゃんの彼氏の話も聞かせてよ。どんな人なの？」

「へっ？　あ、ああ……マメに連絡くれるし、すごい心配性だし、可愛いとかいっぱい言ってくれるし、すっごい愛されてます。それに超絶イケメンで優しくて、えっと、あとは……とにかく最高の彼氏です！」

「そ、そうなんだ。うん、素敵な彼氏だ……ね」

めちゃめちゃ疑いの目をかけられて、とっさに目を逸らした。

美波さんと店の前で別れてから時間を確認すると、二十一時前だった。叶愛くんもそろそろ片付けを終えて店を出る頃だろうか。

叶愛くんに、会いたい。

突き上げてくる衝動を抑えられずに、自宅とは逆方向に足を動かした。

大丈夫。叶愛くんは浮気者だけど、ちゃんと私を愛してくれている。

ネットで『男が本命彼女にだけ見せる一面』とか『彼女を愛しすぎて溢れてしまう男の好きサイン』とか『男がガチ恋したときにだけ使うフレーズ』とかいう記事を見つけるたびに読み漁ってるけど、当てはまっていないことはない。ただちょっと、押しに弱いだけ。

だから、不安になる必要なんてどこにもない。だって私は、キープでも浮気相手でもなく、叶愛くんの〝一番〟なのだから。

叶愛くんの職場である大通の美容室に着いて、店内を覗く。閉店しているものの、中にはまだマネキン相手に練習している人たちがいた。叶愛くんの姿は見当たらない。

窓越しにガン見していると、男の人がこっちを向いた。

「沙夜ちゃん、こんばんは」

私に気付いて出てきてくれたのは、叶愛くんがお世話になっている先輩の一颯《いぶき》さんだった。私は何度も店に通っているし、一颯さんに担当してもらったこともあるから顔見知りだ。

叶愛くんいわく、一颯さんは何年か前に別れた年上の彼女を未だに引きずってるらしい。叶愛くんは女々《めめ》しいとか小馬鹿にしていたけれど、私は一颯さんの元カノが死ぬほど羨ましかった。

「こんばんは。叶愛くんいますか？」

「叶愛ならもう帰ったよ。あれ、店で待ち合わせしてたの？　行き違いになっちゃったのかな」

「いえ、待ち合わせじゃなくて」

「大事な用があるってさっさと帰ったから、俺てっきりデートだと思……」

目を剥いて絶句した一颯さんの顔には『やっべえ俺絶対めちゃくちゃ余計なこと言った』と書いてあった。

美容師はチャラいってみんな言うけど、一颯さんを見ていると単なる偏見だなと思う。一颯さんは優しくて誠実で正直だ。

「あー……はは。大丈夫です。すみません、練習中なのに邪魔しちゃって。じゃあ、また来ますね」

心配そうに声をかけてくれる一颯さんを無視して、ふらふらとその場をあとにした。

叶愛くんには用事があるのだから、今日は会えない。

だったら私も家に帰らなければいけないのに、言うことを聞かない私の足は叶愛くんのアパートに向かっていた。

家に着いたとき唯一ほっとしたのは、中に人の気配がないことだった。いつもふたりでイチャイチャしているベッドで事が起きている現場に遭遇したら、さすがにたまったもんじゃない。近所迷惑も顧みず発狂しちゃいそうだ。

「……あれ？」

それって、つまり。

叶愛くんが今日会ってるのは女だって確信してるってこと？

大事な用事が人と会うことだとは限らないのに。そうだとしても、男友達かもしれないのに。私、心の底から叶愛くんのこと信用してないんだ。

ドアの前にしゃがんで、人が通るときは不審者だと思われないよう立ち上がって電話しているふりをしたりして、叶愛くんを待った。

夜中になったらどうしようと思っていたけれど、叶愛くんは一時間くらいで帰ってきた。

「さっ……よ……？」

そりゃあびっくりするだろう。私もびっくりしている。

わざと連絡せずに家や職場に突撃訪問したり、我ながらどんどん行動がエスカレートしている自覚はあったけど、さすがに家の前で待ち伏せする日が来るとは思わなかった。

「どこ行ってたの？」

「どこって、仕事」

「閉店したあとすぐに帰ったんだよね？　大事な用があるって」

叶愛くんの眉間にしわが刻まれる。

心底うざったそうな顔をして、苛立ちを私に見せつけるみたいに頭をかいた。

「おまえ最近なんなの？　連絡もなしに押しかけてきたりさ」

「だって、電話しても出てくれないときあるじゃん」

「だから、出なかったら忙しいんだって思うだろ普通」

彼女なのに、なんで急に会いに来ちゃいけないんだろう。

そんなの叶愛くんにやましいことがあるからじゃん。私が悪いわけじゃないじゃん。

「とにかく、職場はまじでやめろよ。迷惑だって。なんのつもりか知らねえけど、さすがにやりすぎだろ」

なんで怒られなきゃいけないんだろう。叶愛くんが浮気するからじゃん。ちゃんと私を大事にしてくれないからじゃん。

――人って、簡単に手に入れたものは大事にしないんだよ。

叶愛くんからしてみれば、私はさぞかしチョロかっただろう。隣で寝てたからキスしてみたら受け入れて、家に誘ってみたらほいほいついてきて、大して隠す気もないだろう浮気を黙認して。

プライドを捨てて正直に言えば、大事にされているとは思えない。

だけどそれは、きっと私にも責任がある。私が黙っているからブレーキが利かずにエスカレートしてしまっているだけで、私が傷ついていることを知ればやめてくれるはずだ。はずだ。ちゃんと言えばわかってくれるはずだ。

傷つけてごめん、沙夜が一番だよ、もう不安にさせないからって、言ってくれる。

「叶愛くんさ。浮気……してるよね」

「え、急になんで？　つか話ぶっ飛んでね？」

せめてちょっとくらい動揺してほしかったのに、叶愛くんは顔色ひとつ変えずに飄々《ひょうひょう》としていた。

「急じゃないよ。私ほんとはずっと前から気付いてるんだよ。たまに叶愛くんから女の子の香水の匂いしたり……部屋に女の子連れ込んだりしてるじゃん」

「そりゃうちに友達呼んで飲んだりすることくらいあるよ。同じ空間にいれば香水の匂い移ったりもするだろ。え、まさかそれもだめなの？　てか俺その程度で浮気疑われてんの？」

言葉に詰まった。

いくら確信していても、言わば勘でしかない。私は叶愛くんが浮気している決定的な証拠をなにひとつ握っていないのだ。

むしろ、そんなもの握りたくないと思っていた。

叶愛くんがいくらでも言い逃れできるようにしていたのは、私自身だ。

「んーまあ、沙夜にとってどの程度が浮気なのかわかんねえけど、沙夜がそう思うならそうなのかもな」

あまりにも卑怯《ひきょう》な言い分に愕然とする。

それよりも、ちっとも悪びれない態度が信じられなかった。

「てか、わざわざ喧嘩しに職場まで行ったの？　意味わかんね。気分悪いから今日は帰って。うん、じゃ、そういうことで」

抑揚もなく言い放った叶愛くんが、あっという間にドアの奥に吸い込まれていく。

乾いた音を立ててドアが閉まるその瞬間まで、叶愛くんは私を見なかった。

＊

「沙夜ちゃん、企画書の締め切り今日だよ。もうできそう？」

今日も大量の書類を抱えて駆けずり回っていた美波さんが言った。

正確には今日の十五時までだから締め切りを一時間過ぎているのに、それでも美波さんは優しく声をかけてくれる。というか、最近の私に声をかけてくれるのは美波さんくらいだった。

叶愛くんと喧嘩をしてから約一か月、私はやさぐれまくっていた。

大した仕事もしていないくせにミス連発、寝不足が続いているせいで仕事中に居眠り、上司がパワハラと騒がれることを恐れてやんわりとしか注意できないのをいいことにふてくされた顔で『はあ』しか言わず、繁忙期で全員残業していようが平然と定時で帰る日々。

だけど、べつに好きでそうしているわけじゃない。なんの気力も湧かないし、なんだかもうなにもかもがどうでもいいのだ。

あれから叶愛くんとは一度も会っていない。年末休み中に一度だけ電話をしたけど出てくれず、数時間後に〈今忙しい〉とだけメッセージが来て、以降は音信不通だ。おかげで闇堕ちしたまま新年を迎えてしまった。

このままだと自然消滅してしまう。だけど『別れよう』と言われるのが怖くて連絡できない。時間が経てば経つほど、余計に連絡しづらくなってしまうのに。

いつも通りの日常に、叶愛くんだけがいない。

たったそれだけなのに、どうしてこんなにも空っぽなんだろう。

こんな状態で仕事に精を出せるわけがない。

いっそのことクビにしてくれても構わないのに。

心の中では強気にそう思っていても、弱虫の私は自分から辞める勇気がない。

次の仕事が見つからなかったらどうしよう。それ以前に、まったく引き留めてもらえなかったらどうしよう。どちらにしても、私は誰からも必要とされていないのだと、私の代わりはいくらでもいるのだという現実を突きつけられてしまう。

それがすごく怖い。ものすごく、怖い。

「沙夜ちゃん、今日ご飯行こっか」

定時間際に美波さんが言った。

「え……でも、帰れるんですか？」

「もう企画書提出したし、一次の結果出るまでは余裕あるから」

微妙な態度ばかり取っているのに、どうして優しく接してくれるんだろう。弱っているときに優しくされると泣きたくなる。

涙を堪えて、小さく頷いた。

「彼氏となんかあった？」

いつも通り『喫茶こざくら』でお酒と料理を注文すると、すぐさま美波さんが切り出した。

「あ……はあ。年末に大喧嘩しちゃって。別れるかもです」

「そっか」

ひと言だけこぼした美波さんは、やっぱり優しいなと思った。なにか言いたげに見えるけど、きっと堪えてくれたのだろう。

叶愛くんと喧嘩したことを友達に言うと、みんな口を揃えて『そのまま別れりゃいいじゃん』と言った。私が口ごもっていると、呆れたような視線を向けられるのだ。浮気男に依存して馬鹿だなあ、みたいな視線を。

ひとまず乾杯をして、食べることに集中しているふりをした。

叶愛くんのことで頭がいっぱいで、話題が思い浮かばない。

「――浮気されたの」

私たちより先に来店していた男女の会話が聞こえて、口に含んだお酒を噴き出しそうになった。

「――あの人にとって私はその程度の存在だったんだよ」

赤の他人の話が容赦なく背中にぶっ刺さる。一気に食欲が失せて、箸を置いた。

「……ここって、旦那さんがマスターなんですよね？」

注文の品をテーブルに置いて去っていく結季さんの背中を横目に見ながら、声のボリュームを下げる。

「そうだよ。なんで？」

「理想的だなって思って。優しい旦那さんに甘えて過ごすの」

棘《とげ》のある言い方になってしまったと自覚した。

だけど、イライラする。

私は叶愛くんに依存しているのだろう。だけどそれは、叶愛くんが好きだからだ。叶愛くんが必要だからだ。

そもそも、彼氏に依存してなにが悪いんだろう。誰だってなにかに依存しているはずだ。家族や友達や仕事、ゲームや推し。なのにどうして依存先が〝恋愛〟になると馬鹿女認定されてしまうんだろう。同じ枠でも、どうして夫婦なら許されるんだろう。

どうして私ばっかりこんな思いしなきゃいけないんだろう。

「甘えてるって？」

「だって、旦那さんが経営してるお店を手伝ってるだけですよね？　しかも、いつもふらっと現れてふらっといなくなるじゃないですか。初めて来たときなんて、営業中なのに二階で寝てたらしいし。そもそもこのお店ちょっと変すぎません？　営業もメニューも適当すぎだし」

「甘えてるんじゃなくて、支え合ってるんだってあたしは思うけど」

「え?」

「結季さん、在宅で仕事してるよ。そっちが本業で、お店は仕事の合間に手伝ってるの」

美波さんの語調がいつもより強い気がして、胸がざわざわした。

基本的に話しながらもあまり手を止めない美波さんが箸を置いたとき、少し怒らせてしまったのは勘違いじゃないと察した。

「お店始めた理由ね、立花さんが前の会社に勤めてたときに、鬱っぽくなっちゃったんだって。それでも結季さんとワンちゃんを守るために無理して働いてたけど、結季さんが止めたの。〝辛い〟しかないなら辞めればいい、壊れるくらいならその前に全部捨てちゃおう、わたしは強いからあなたに守られなくたって大丈夫、って。それから立花さんは会社を辞めて、しばらくして気持ちが回復してきた頃に、お店出してみる?って結季さんが提案したの。あなたが淹れるコーヒーは世界一おいしいからって」

決して声を荒らげることなく、美波さんは至って落ち着いた口調で話す。

「メニューに統一性がないのは、結季さんと立花さんが好きなものを作ってるから。営業時間も休日も決めてないのは、体調最優先で絶対に無理はしすぎないようにって約束してるから。あたしもその話を聞くまでは変わったお店だなって思ってたけど、全部、ちゃんと理由があるの」

もっと怒りをぶつけてくれたら私も反論できるのに、美波さんの声音があまりにもいつも通りだから、硬直することしかできない。

「浜辺さん夫婦のこともそうだけどさ。子どもがいないのは浜辺さんのせいじゃなくて、ふたりで話し合って決めたことなの。ふたりにしかわからないことが、ふたりだけの形があるの。自分がうまくいってないときに幸せそうな人を見ると妬んじゃう気持ちもわかるけどさ。それはただの八つ当たりでしかないし、粗探しするのはかっこ悪いよ」

だって、ずるいじゃないですか。

みんな簡単に〝幸せ〟を手に入れたんだろうなって思っちゃうじゃないですか。

八つ当たりでもしなきゃやってらんないじゃないですか。

粗探しでもなんでもして、自分だけが不幸なわけじゃないって思いたいじゃないですか。

私が喉から手が出るほどほしいものを持ってる人が、羨ましくて仕方がないのだから。

＊

美波さんを怒らせてしまった日から二週間、美波さんは必要最低限しか話しかけてくれなくなった。というか、私が全力で避けていた。

あのあと、美波さんは涙を堪えながら黙りこくる私にすぐに謝ってくれた。だけど私は気持ちを立て直すことができず、料理もお酒も美波さんも残して、ひとりで先に帰ってしまったのだった。

怒られたのが嫌だったわけじゃない。いや、正直それも大きいけど、ただただ気まずかったのだ。美波さんがどれだけ謝ってくれてもいつも以上に気遣ってくれても、自分で壊した空気に自分が耐えられなかった。

今や会社で私に優しくしてくれるのは美波さんくらいなのに、そんな優しい先輩さえも拒絶しているせいで、この二週間ほとんど人と喋っていない。叶愛くんからの連絡も一切なかった。

いつも通り逃げるように定時で退社する。

ひとりで帰路をとぼとぼ歩いていると、

「もうお店来ないの？」

いきなり後ろから声をかけられた。

振り向くと、そこには犬の散歩中らしい結季さんが立っていた。いつも私たちをお店から追い出す勢いで唸ってくる犬は、ささっと結季さんの足に隠れる。どうやら自分の縄張り以外では弱気らしい。

だいぶ唐突な呼びかけに固まっていると、私をびっくりさせた張本人の結季さんが不思議そうに首を傾げた。ちなみに私は結季さんとまともに話したことがない。ていうか、話の順序というものを知らないのだろうか？

「え……なんで急に」

「うちの店で美波ちゃんと微妙な空気になった日以来、来なくなっちゃったから。美波ちゃん、この世の終わりみたいな顔して頭抱えてたよ。言いすぎちゃったって。拗ねてる子なんかほっとけばいいじゃんって言ってるんだけど、美波ちゃんって優しいよね」

あまりオブラートに包むということを知らなさそうだ。

いくらなんでも失礼な結季さんの言い方に苛立たしさが込み上げる。

「美波さんから聞きました。結季さんの助言」

「助言……？　わたしそんなことしたっけ？」

「浮気の話です。一回目は事故みたいなもんだけど、ってやつ」

身を潜めていた犬が、立ち話に待ち飽きたのか、結季さんの足に顔をすりすりする。

結季さんはとろけそうな顔で微笑んで、犬をひょいっと抱き上げた。

なんて平和な光景だろう。ここにあの愛想ゼロだけど優しそうな旦那さんも加わったら、幸せの象徴でしかない。

「でもそれって、強いから、自分に自信があるからそんなこと言えるんですよ。だって普通は、浮気されようがなにされようが、好きだから離れられないんです。自分に自信がないから、この人を失ったらもう恋なんかできないって思っちゃうんです。それのなにが悪いんですか？」

「悪いなんて言った覚えはないけど」

「結季さんはいいですよね。旦那さんに愛されてて、幸せいっぱいで。美波さんだって、あれだけ美人で仕事できたら、そりゃ自己肯定感爆上がりですよね。でも、みんなそういう風になれないんですよ。しょうがないじゃないですか」

完全に八つ当たりだった。

だけど結季さんがあまりにも平然としているから、なんか余計にイライラする。ついさっきまで弱気だったはずの犬さえも、結季さんに抱っこされた途端まるで私を見下すような目つきに変わった気がした。

べつに、お店に行きさえしなければ二度と会わない相手だ。嫌われたってキレられたって、どうでもいい。

「えっと、なにが言いたいのかよくわかんないんだけど」

結季さんの口ぶりは私を挑発するようなものじゃなく、ただ思案しているみたいだった。皮肉が通じないのもそれはそれでイライラする。なんかこの人、全体的にイライラする。

「べつになんでもないです。忘れてください。それじゃあ――」

「要するに、わたしや美波ちゃんが羨ましいって話？」

油断したタイミングでドストレートに図星を指されて、顔が熱くなる。

ていうか美波さんのことはまだしも、自分のことが羨ましいのか、なんて普通訊けるだろうか。やっぱりこの人ちょっと変だ。

「わたしは他人にどう思われようがどうでもいいんだけどさ、美波ちゃんが最初からあんなに仕事うまくいってたと思うの？」

面と向かって『他人』『どうでもいい』と言い放たれたことに怯《ひる》んでしまう。私だってたった今結季さんを〝他人〟と割り切って、どうでもいいと思ったはずなのに。

「最近はそうでもなくなったけど、昔は仕事で企画が落ちるたびにうちの店で泣いてたよ。夜中まで浴びるようにお酒飲んで死ぬほど愚痴こぼしながら、めちゃめちゃ泣いてた。めんどくさいから泣くなって言ってもガン無視だし、他のお客さんに迷惑だから帰れって言っても居座るし、美波ちゃんちょっと酒癖悪いよね」

私は美波さんが泣いているところなんて一度も見たことがない。

どんなときも前向きに、ひたむきに突き進む美波さんしか知らない。

「何度もくじけてつまずいて転んで、もう立てないってくらいズタボロになって、それでも頑張ってまた立ち上がったの。あたしはどうしてもデザインの仕事が好きだからって。そうしてるうちにだんだん企画も通るようになっていったんだよ。何年もかけて、必死に、自分の力で小さな成功を何度も積み重ねて、ちょっとずつ自信につなげていったの。自己肯定感なんて高くても低くても自分がよければいいと思うけど、上げたいなら自分が頑張ればいいだけの話だよ」

戦闘態勢万端だったはずなのに、私は早くも戦意喪失していた。

「彼氏のことだって、美波ちゃんは簡単に切り捨ててきたわけじゃないよ。強いから断ち切れるんじゃなくて、断ち切っていくうちに強くなるんだよ。自分を大事にしてくれない相手にしがみつくのも、自分が大事にしたいと思えない相手といる時間もあんまり意味ないでしょ」

結季さんの胸で、犬が「クウン」と鳴いた。いつまで喋ってんだよ歩かせろよ、とでも言っているのだろうか。

超真顔で大砲級の弾丸をぶっ放し続けていた結季さんの顔が、また瞬時にとろけた。

このスイッチの切り替えの早さはなんなんだろう。

「てことで、また美波ちゃんと一緒にお店来てね。美波ちゃんあなたのこと気に入ってるみたいだから。あ、あと美波ちゃんが泣いてたこと言っちゃったの内緒にしてね」

何事もなかったかのように無邪気に微笑んだ結季さんは、犬と一緒に颯爽と去っていった。


真正面から弾丸を受け続けて満身創痍《まんしんそうい》になった私は、覚束ない足取りで歩いていた。

急激に寂しさがせり上がってくる。

あれ。私、今かなり孤独じゃない？

彼氏とは自然消滅寸前で、友達に呆れられて、会社に居場所なくして、可愛がってくれてた先輩怒らせて、顔見知り程度の人に自分からけしかけた喧嘩で完膚《かんぷ》なきまでに敗北して。

全部自分で蒔《ま》いた種なんだけど。わかってるけど。

やっぱりこういうとき、彼氏に——叶愛くんにいてほしい。

好きな人に依存してなにが悪いの。しがみついてなにが悪いの。

だって、もう私には。

叶愛くんしかいないんだ。

ピン、ポーン。

インターホンの音が、やけに心臓に響いた。

出てくれなかったらどうしようとか、出てくれてもものすごく冷たかったら、すぐに追い返されたらどうしようとか――他の女と一緒にいたらどうしよう、とか。

ほんの数秒が怖いくらいに長く感じていたとき、ドアが開いた。

「まーた急に来る。てか、久しぶり」

私の不安をよそに、叶愛くんは変わらない笑顔で私を出迎えてくれた。

「とりあえず入んなよ。寒いし」

「うん。……ねえ、叶愛くん」

玄関に入ると、叶愛くんがドアから手を離した。

築年数がまあまあ経っているこのアパートのドアはドアクローザーなんてついていないから、バタンと大きな音を立てて閉まった。

「私って、叶愛くんの彼女だよね？」

歩きだそうとした叶愛くんの足が止まる。振り向いたその顔は、驚きや困惑というより、若干引いているように見えた。

喧嘩して以来ずっと音信不通だったのに突撃訪問されて急にこんな質問を投げかけられたら、引くのも無理はないだろう。

「え、なに、どしたの沙夜。病んでんの？」

「答えてよ。私、彼女だよね？」

「あー……うん、まあ、別れよって言ってねえから彼女なんじゃね」

「じゃあ、私のこと好き？」

好きだよって言ってほしい。優しくしてほしい。

私はひとりぼっちじゃないって、思わせてほしい。

そうしてくれたら、私は報われる。救われる。ただ依存しているだけじゃなく、必死に頑張って恋をしているのだと思える。私は幸せなのだと、私を愛してくれる人が確かにいるのだと思える。

「あー……よくわかんねえけどさ」

叶愛くんは私の腕を引いて抱き寄せた。

「彼女とか好きとか、そういうのどうでもよくね？　めんどくせえことはまあ置いといてさ。とりあえず、エッチして仲直りしよ？」

一か月ぶりの叶愛くんの笑顔は相変わらず超絶イケメンだけど全然キュンとしなくて、美容師とは思えないほど綺麗な手は冷たくて、腕の中はちっとも幸せじゃなかった。

それどころか、隙間風にさらされた頭が急速に冷えていく。

なにこれ。ああ、そうか。

百年の恋も冷めるって、こういう感覚なのか。

いや、違う。冷めたわけじゃなく、ずっと目を逸らし続けていた現実に、いい加減気付かざるを得なくなったのだ。叶愛くんがとどめを刺してくれたおかげで。

私はずっと、心のどこかでわかっていた。

叶愛くんが何度浮気をしようが私と別れなかったのは、私が本命だからでも、私を好きだからでもない。

従順で簡単に言いくるめられて好きなときにヤらせてくれる、手放すのはちょっと惜しいかもと思う程度の、都合のいい女だからだ。

なんでもっと早く認めなかったんだろう。

こんなにも舐められて、馬鹿にされていることを。

「触んな馬鹿！」

両手を突き出して、叶愛くんの胸を押し退けた。

う、と声を漏らした叶愛くんが、今度こそ驚いた顔で私を見る。

「わかってたよ！　あんたが女をただの暇つぶしの駒くらいにしか思えない、どうしようもないクズだってことくらいわかってた！」

叶愛くんは私を好きじゃない。ちっとも愛されていない。

そんなの付き合った瞬間からわかっていた。

それでも、いつか愛してくれる日が来ると思いたかった。

だけど私だって、叶愛くんを心から好きだったかと言われたら、もう胸を張ってイエスと答える自信がない。

だって、私を大事にしてくれない叶愛くんにしがみついていたのは、別れられなかったのは、好きだったからだけじゃない。

もう意地だったのだ。

叶愛くんの浮気相手はひとりやふたりじゃない。叶愛くん自身、もはや誰が彼女なのかわかっていないんじゃないだろうか。いや、考えないようにしてきたけど、他に本命がいて私が浮気相手だという可能性すらある。

私と別れたところで叶愛くんにはいくらでも女がいる。どうせすぐに他の子と付き合う。私のことなんか瞬時に全身から葬り、記憶の片隅にすら残らないだろう。自分だけが辛い思いをするのだ。そんなの悔しい。

だって、せっかく彼女になれたのに。

せっかく〝一番〟になれたと思ったのに。

まるで愛されていないなんて、そんなのあんまりだ。

「でも、そんなの認めたくなくて……だってあんたがクズだって認めたら──」

それでも〝好きだから〟という理由を、意地を、死守しなければいけなかった。

周りにどう思われようと、一生懸命に恋をしている女でいなければいけなかった。

だって、そうしなければ。

「自分がクズ男に依存することしかできない空っぽな馬鹿女だって——誰にも愛されない惨めな女だって、認めなきゃいけないじゃん……」

何年も一颯さんに想われている元カノが死ぬほど羨ましかった。

いつもふらりと店に現れて幸せそうに微笑んでいる結季さんが、死ぬほど妬ましかった。

それは彼女たちが〝一番〟の座を持っているからだと思っていた。

だけど違ったのだ。いや、それはそうなのだけど、微妙に違っていた。

百歩、いや五百歩くらい譲って、たとえ〝一番〟じゃなくてもいい。他に大切なものがあってもいい。

私はただ、一途に愛されてみたかった。

「ちょ、落ち着けって。もっかいぎゅーしてやるから。とりあえずエッチ——」

「触んなっつってんだよクズ野郎！」

生まれて初めて人の顔面をぶん殴って、家を飛び出した。

ぼろぼろに泣きながら、自宅とは別方面に歩く。気持ちが逸るにつれて、足を交互に出すスピードが上がっていく。会社に着いたときには、久しぶりに走ったことと嗚咽のせいで呼吸困難に陥りかけていた。

ビルを見上げれば、デザイン部の明かりがついていた。

意を決してエントランスを抜ける。デザイン部のフロアを覗くと、まだちらほら人が残っていた。その中には、予想通り美波さんの姿もある。

「沙夜ちゃん？」

私の姿に気付いた美波さんが、パソコンから顔を上げてぎょっとした。叶愛くんの家を出てからずっと泣いているから、さぞかし見るに堪えない顔をしていることだろう。

美波さんは椅子から立ち上がり、私のもとへ駆け寄った。

「どうしたの？　忘れ物……ではないよね。なんかあった？」

「美波さん、ごめんなさい。ごめんなさい……」

「うん、いいよ。とりあえずこっち」

私の頭をそっと撫でてから腕を引く。美波さんの手はちょっと荒れていて、だけど温かくて優しかった。

フロアの端っこに連れていかれて、椅子まで用意してくれた美波さんに促されて腰を下ろす。向かい側に座った美波さんは、両手で私の手を包んだ。

「ごめんなさい。八つ当たりだったんです。美人で仕事もできて、自分の足で立ちたいって言ってる美波さんがかっこよくて、憧れてて。だけど話を聞けば聞くほど、あぁ、自分にはなんにもないんだなって思い知っちゃって。だから嫉妬してただけで、私、美波さんのこと大好きなんです」

止まらない嗚咽が邪魔をして、途切れ途切れなうえにカタコトになってしまう。しかも八つ当たりしたのは美波さんじゃなく結季さんだった。と思ったけど、このまま勢いに任せたいから訂正せずに続ける。

「ずっと隠してたんですけど……実は私、彼氏に浮気ばっかりされてて」

「あ……うん、気付いてた」

「喧嘩したって話したじゃないですか。ほんとはこのまま別れた方がいいって頭ではわかってたんですけど、やっぱりどうしても寂しくて、さっき会いに行ったんです。そしたら、エッチして仲直りしよ、とか言われて。この人ほんとにクズなんだなあとか、こんな男にしがみついてた自分って馬鹿だなあとか、なんかいろいろ考えてたらプツンときちゃって、ついクズ野郎って暴言吐いちゃいました。あ、そういえばぶん殴っちゃったような気が……」

神妙な面持ちで聞いてくれていた美波さんが呆気に取られる。

ややあって、豪快に噴き出した。
「殴ったの？　なにそれ、面白すぎるね。まあ、それくらいの鉄槌食らわしてやって
もいいいんじゃない？」
「でも、美波さん言ってたじゃないですか。浮気されるのって二回目以降は自己責任
だから、全部相手のせいにして被害者面するのはずるいって」
「あたしじゃなくて、結季さんに言われたって話だけどね」
なぜかほっとしたように微笑んだ美波さんは、私から手を離して長い足を綺麗に組
んだ。それだけで様になる美貌と抜群のスタイルは、やっぱり羨ましい。
「でも、なんか、別れるときってあるじゃないですか。今までありがとうとか、あな
たを好きになってよかったとか、あなたと過ごした日々は一生の宝物だよとか、あ
と……」
「ごめん、その世界線はよくわかんないんだけど」
「え……？　普通そうなんじゃないんですか……？」
「そんな風に思える恋愛ができたら素敵だと思うけど、現実の恋愛はそんなに綺麗
じゃないでしょ。過去って、特に恋愛は無駄に美化したくなるけどさ。クソみたいな
経験はそのまま黒歴史にしちゃえばいいじゃん。教訓になればそれでいいの。黒歴史
としか思えない恋愛のひとつやふたつ、誰だってあるんじゃないの？」

目から鱗《うろこ》だった。そういう風に思うのが正解だと、なんなら多少無理してでも思わなきゃいけないと思っていたのに。

「沙夜ちゃんは今、全部相手のせいになんかしてないでしょ。自分も馬鹿だったたって認めてる。それに、最後は頑張って自分で断ち切ったんだから、ちゃんと前に進めるよ」

ティッシュを差し出されて、ずびずびと洟を啜りながら受け取る。叶愛くんの前では絶対にできなかったくらい雑に、豪快に、思いっきり洟をかんだ。

ズズーっと汚らしい音がフロア内に響き、何人かの視線を感じた。美波さんも感じ取ったらしく、目を配ってぺこぺこと頭を下げる。私がそうしなければいけないとは思うけど、深海魚みたいに不細工だろう今の顔を晒《さら》すのは恥ずかしいから、美波さんに甘えた。

洟をかんでもズズーっと音がしなくなった頃、徐々に涙も止まっていった。

美波さんに会いに来た目的のひとつ〝謝罪〟を終えたから、もうひとつの目的を達成しなければいけない。

「私はやっぱり結婚したいし、遅くても二十代のうちに子ども産みたいから、美波さんみたいになりたいとは思えないですけど」

「いきなりナチュラルに失礼だね」

「でも、さっきも言いましたけど、私は美波さんが大好きだし、ほんとにほんとに憧れなんです。辛いことがあっても前を向いてる美波さんはかっこいいし、そういうところだけは見習いたいなって思って」

「だけ?」

「ほんとはわかってるんですよ。なにかに依存するのは、自分になんにもないからだって。だからそういうのはもう嫌で」

「聞いてないね」

「だから、私も自分の足で立てるように、これからは仕事も頑張ります。私には美波さんや浜辺さんみたいに才能ないって、頑張っても無駄だってずっと思ってましたけど、気付いたんです。ちゃんと頑張ったことなかったって。それに美波さんが言ってくれた通り、デザインが好きなんです。だから、絶対に本気で頑張りますから、これからはもっと厳しく……いや、でもなるべく優しめに、ご指導よろしくお願いします!」

美波さんに会いに来たもうひとつの目的〝決意表明〟を終えて、涙も止まってすっきりした私とは裏腹に、美波さんは私の後ろを見て絶句していた。ただでさえ大きな目を目玉が飛び出そうなくらい見開いて、しかも顔は青ざめている。

なんていうか、化け物でも見たような顔だ。

恐る恐る振り向けば、いつの間にか私の真後ろに浜辺さんが立っていた。いつも通りにこにこしているのに、なぜか狂気すら感じる雰囲気を纏《まと》って。

あ。そういえば。

――やる気出したら出したで浜辺さんの支配下に置かれちゃうから複雑なところなんだけど……。

初めて美波さんと飲んだ日、そんなことを言っていたっけ。

なんとなく地獄の入口に立ったような不穏な気配を感じつつ、それでいてちょっとわくわくしていた。

明日から、きっと今まで経験したことのない、新しい日々が始まるのだと。

沼恋の先に

「若槻《わかつき》ー。今日新しい派遣さん入ってくるから、頼んだぞ」

課長からのやや言葉足らずな指示に「わかりました」と答える。つまるところ、教育係に任命されたのだ。

もうすぐ師走《しわす》を迎えようとしている。一般的には新たな人員を迎えるには中途半端な時期だが、うちの業界はこれから春先にかけて猫の手も借りたいくらい怒涛の繁忙期に突入する。とはいえ閑散期に入った途端にクビにするわけにいかないので、派遣会社に頼るのだ。

「お、来た来た」

営業部のフロアに、人事部の社員が入ってくる。後ろには小柄な女性がいた。

彼女を見た俺は、さぞかし間抜けな顔をしていただろう。

「宇佐美萌《うさみもえ》です。よろしくお願いします」

まるで動じていない彼女の笑みを見ているだけで、

「若槻……、です。よろしく」

心臓が、止まりそうだった。

気まずい空気を纏いながら、ひとまず社内見学から始めた。

迎え入れる予定の派遣社員は他にもいるが、派遣会社の都合で彼女だけひと足先に入社することになったらしい。

本来、春の新入社員や繁忙期に派遣社員を迎え入れるとき、研修を行うのは課長の仕事だ。ただし今回のようにごく少人数の場合、課長が時間を割くよりも俺みたいな中堅が直に仕事を教えた方が早いという口実で押しつけられる。

だからこれは、イレギュラーでもなんでもない。

とはいえ、なぜ、よりにもよって彼女なのか。

「久しぶりだね、聖矢《せいや》くん」

俺の説明に淡々と返事をしていた彼女が、ふいに言った。

今にも震えそうだった足を止めて、彼女と目を合わせる。

あの頃と変わらない笑顔で、俺を見上げていた。

「うん……久しぶり。すげえ普通にしてるから、俺のこと覚えてないのかと思った」

「そんなわけないでしょ。びっくりしたけど、さすがに他の社員さんもいたから堪えただけ」

「相変わらずポーカーフェイスうまいね、――宇佐美さん」

勘がいい彼女は、俺が故意に作った壁を察知したのだろう。

「若槻くんこそ、覚えてくれてたんだね」

宇佐美さん。若槻くん。

それは、今まで一度も呼び合ったことのない名だった。

「そりゃ覚えてるだろ」

忘れられるわけがない。できることなら忘れてしまいたかった。

「営業マンって、若槻くんらしいね。昔からお喋り上手で誰とでも仲よくなれちゃうし、人気者だったもんね。アポも取りまくってたし」

「それはこっちの台詞だよ。宇佐美さんこそ入社してすぐエースになってたじゃん」

「あれは私がフリーターで、勤務時間が長かったからだよ。学生さんより有利だっただけ」

「そんなことはないと思うけど」

ややぎこちないながらも会話をしつつ、足を進めていく。

各部署のフロアや休憩室など、社内の案内を終えて営業部のフロアに戻ろうとしたとき。

「安心して。四か月だけだから。派遣の契約」

たわいのない会話をしているのと同じトーンで彼女が言った。

彼女が言わんとしていることはすぐにわかった。おそらく、俺がまだあのときのことを怒っていると——根に持っていると思っているのだろう。

彼女は繁忙期に最低限の人員を確保するためだけの派遣社員だ。四か月間の契約だということはわかっていたのに、俺は落胆していた。

なんだ、またいなくなるのか、と。

「べつに……今さら気にしてないって。五年も前のことなんか」

彼女は、俺が学生時代に好きだった――人生で一番好きになった女の子だった。

同時に、俺をどん底に突き落としたクソ女でもあった。

つまり彼女との再会は、とても手放しに浮かれられるようなものではなかったのだ。


彼女に簡単な書類整理を任せて自席に戻った。

今日も何件か外回りはあるが、午後からなので余裕がある。どうせこれから魂を搾《しぼ》り取られるような繁忙期に突入するのだから、それまでは嵐の前の静けさに身を委ねることにする。

ひと息ついたところで、去年まで俺が教育していた、後輩の松田《まつだ》が興奮気味に話しかけてきた。

「ちょ、やばくないっすか。宇佐美さんめっちゃ可愛くないっすか。なんで教育係俺じゃねえんだよー！」

「まだ二年目の奴が教育係なんか任されるわけねえだろ」

「やーでもまだまだチャンスありますよね。他の派遣さんたちも入ってきたら歓迎会するだろうし」

「人の話聞け」

「や－でも今年のナンバーワンは間違いなく宇佐美さんっすね。今年ってか社内の女の子ん中で断トツっすよ。なんかふわっとしてるし、しかもさっきすれ違ったときすげえいい匂いしたんすよね……」

昔の自分を見ているみたいで死にたくなる。

俺も彼女と出会ったばかりの頃はまさにそう思っていた。

「派遣さんに手ぇ出すなよ。前に子会社に飛ばされた奴いたからな」

「俺そこまで馬鹿じゃないっす。手なんか出さないですって。今は」

「あっそ。これよろしく」

意味深に、いや、下心丸出しでにやりと笑った松田に一番面倒な書類の束を投げつけた。


彼女と出会ったのは大学四年の夏、バイト先のコールセンターだった。同じチームに配属されてよく話すようになり、飲みに行く仲になり、可愛くて明るくて聞き上手な彼女のことを、あっという間に好きになった。

いよいよ告白を決意した俺は、緊張していたうえ酒の力も相まって順序を大幅にミスリ、直球で家に誘ってしまったのだ。

いっそのこと誰か殺してくれと願うほど動揺している俺に対し、彼女は驚いた様子もなく平然と言った。

——あなたと寝ても、あなたのことは好きになれないと思う。それでもいいなら。

その瞬間に直感していたのだ。

彼女は俺が思っていたような女の子じゃない。俺みたいに平々凡々に生きてきた人間が関わってはいけない類いの、端的に言えば、誰とでも平気で寝るクソビッチなのだと。

だけど、煮えたぎった欲望を抑えきれなかった俺はなにかに操られるように頷き、家に連れ込んだ彼女を抱いて、転げ落ちるように底なし沼にはまった。

＊

彼女は呑み込みが早く、教えた仕事を淡々とこなしていた。

十二月に入ると他の派遣社員も全員入社し、課長はなにかと理由をつけて俺に何人かの教育を担当させたから、彼女との距離は瞬く間に開いていった。

「じゃあ、乾杯！」

部長の声が宴会場に響き渡り、全員がグラスを持ち上げた。

なぜか俺が幹事に任命されて、歓迎会兼忘年会が開催された。会場は大通にある魚介メインの居酒屋だ。会社から近いし安いので、飲み会だけではなく会社帰りに同僚と寄ったりと、頻繁に利用している。

飲み会が始まってしばらくした頃、グラスを持った男性社員が意を決した面持ちで立ち上がった。予想通り、向かった先は営業部で数少ない女性陣の輪だった。というより、彼女だった。

ただでさえ建材メーカーは男社会なので、普段からむさ苦しい環境に身を置いているのに、今回入社した派遣社員は男ばかりだった。

そんな中でシンプルに顔がいいうえ愛想もいい彼女は、入社二週間足らずで男どものハートを鷲掴《わしづか》みにしたのだ。

「若槻さん！　やばいっす！　俺も出陣します！」

なにがやばいのか知らないが、すでに顔を赤く染めた松田が男どもの輪に……いや、彼女が発する強烈な引力に吸い寄せられていった。

彼女が絡まれている姿をちらちらと横目に見ながら一次会が終わり、二次会の会場に移動する。家庭がある社員と男どもに呆れた数少ない女性社員が帰宅し、残ったのは俺を含め独身貴族の男連中と、変にノリがいい彼女だった。

上司がいなくなったのをいいことに、男どもは一応抑えていたらしい下心を一気に開放する。物理的な距離を縮め、なかなか酔わない彼女に強引に酒を勧め、質問もどんどん下衆《げす》くなっていく。完全なるセクハラとアルハラだ。

休みの前日に飲み会なんかするもんじゃない。男どもはアルコールをガンガン摂取して、明らかに歯止めが利かなくなっていた。どうせ明日には記憶をなくしているだろう。

彼女のポーカーフェイスも、いよいよ崩れ始めていた。

「宇佐美さん」

さすがに見兼ねて、飲み会が開始してから初めて彼女に声をかけた。

彼女も、彼女を囲んでいる男どもも、ぽかんと俺を見上げる。

「さっきの店から電話あって、忘れ物してるっぽいよ。女性もののベージュの腕時計って言ってたから、たぶん宇佐美さんのだと思うんだけど。レジで預かってくれてるみたいだから、早めに取りに行った方がいいんじゃない？」

一次会のとき、彼女が腕時計を外してバッグに入れていたのを思い出し、とっさに考えた嘘だった。

やはり勘がいい彼女は俺の意図をすぐさま理解した。

「あ、そういえばテーブルに置きっぱなしにしちゃってました。ありがとうございます。すぐ取りに行きますね」

微笑んだ彼女はバッグとコートを持って立ち上がり、ついていくと言い張る男どもをやんわりとかわして店を出た。

紅一点だった彼女がいなくなった会場は引くほど活気を失い、なぜかどっと疲れた俺も同僚に断って帰ることにした。

外に出たとき、

「ありがとう」

待ち構えていたように彼女がひょっこり現れた。

動揺を悟られないよう、大きく跳ねた心臓をなんとか落ち着かせて平静を装う。

「あれ、帰ったんじゃなかったの？」

「なんとなく、若槻くんもすぐ帰る気がしたから待ってた」

壁にもたれかかっていた彼女が、俺の前に移動する。

「一次会で帰ればよかったたってちょっと後悔してたけど、帰るタイミング掴めなかったから助かったよ。ありがとう」

彼女の笑顔はむかつくくらい可愛くて、落ち着きかけていた心臓に鋭い痛みが走った。油断すると一瞬であの頃に引き戻されそうだった。

やっぱり酒なんか飲むもんじゃない。感情がセーブできなくなる。いや、酒なんかなくても、全てを見透かすような彼女を前にすると、俺はいつだって素っ裸にされてしまうのだ。

「社内でまたいざこざあると面倒なんだよ」

容赦なく毒を吐いたのに、それをさらりとかわすようなポーカーフェイスにイライラして、思い出したくもない過去の記憶が否応なしに甦《よみがえ》る。

彼女を抱いた日から、俺は彼女のセフレになった。

何度か関係を重ねれば、彼氏面をしていれば、いつか俺を好きになってくれるのではないか。

そんな願望にすがりながら何度彼女を抱いても、彼女は当初に宣言した通り、俺を好きになってくれなかった。それどころか、同じチームの上司と二股をかけられていたのだ。しかも、相手は妻子持ち。

社内で堂々と不倫をしながら俺とも寝る、とんでもないクソビッチだった。

可愛い顔をした、紛うことなき悪魔。

「そんなこと……しないって言っても、説得力ないか」

ねえよ。血も涙もないくせに。

あいつが離婚した途端、俺のこと使い古したボロ雑巾みたいに平気で捨てたくせに。

「でも、本当に大丈夫。私だって派遣期間ちゃんと全うしたいから、社内での印象悪くしたくないし。それに、ちゃんと後悔もしてるから」

その目に嘘は滲んでいないように見えた。

だけど俺は、彼女を信用できない。いや、したくない。

彼女に気を許した瞬間、また底なし沼にはまりそうな気がしてならなかった。

「終電、もうすぐだよ」

彼女が今どこに住んでいるかなんて知らない。だから終電の時間なんて知らない。

それでも彼女は、ほんとだ、と呟いて、ちょっと急ぐふりをして「じゃあまた月曜日に」と俺の前から去っていった。

その後ろ姿が、最後に会った日の姿と重なって、また心臓が痛くなった。

彼女と最後に会ってから五年間、ずっと彼女を想っていたわけではない。それなりに恋愛をしたし、結婚を考えたことだってある。

だからもう大丈夫だと思っていたのに、実際に再会してから二週間、俺は自分でも笑えてしまうくらいに乱されていた。

＊

「若槻ー。おまえ今日の夕方はアポ入ってないよな」

年末休みを目前に控えた頃、朝一で課長が俺のデスクへやってきた。

「佐々木《ささき》から今日休むって連絡来たんだよ。体調不良だと。佐々木の代わりに商談行ってくれ」

「ないですけど」

「わかりました」

「十七時らしいからよろしくな。あと、宇佐美さん連れていってくれ」

おまえまじでなに言ってんの？　——と危うく口にしかけた暴言を、すんでのところで堪えた。

彼女は営業補佐として入社してきたので、営業に連れていくのはなんらおかしいことではないが、俺の心境としては大いに問題がある。

「いや、俺ひとりで行きます。もともと俺が担当してたところなんで問題ないと思いますけど。先方には俺から事情説明するんで」

「馬鹿野郎。もともと佐々木と宇佐美さんで行く予定だったんだよ。それに、おまえがひとりで行くより若くて可愛い女の子がいる方が先方も喜ぶだろうが」

「それ今どき余裕でセクハラっすよ」

はっとして口を押さえた課長は、そそくさと逃げていった。と思ったら、彼女に声をかけている。彼女の笑顔と課長の満足そうな顔を見る限り、あっさり了承したのだろう。

余計なことすんなよ。――なるべくふたりきりになりたくなかったのに。

ふいに目が合った彼女は、相変わらずのポーカーフェイスで「よろしくお願いします」と微笑んだ。


ふたりで営業先へ向かい、無事に商談が終わる。

彼女は商談開始十分で見事先方の心を鷲掴みにし、派遣社員であることを惜しまれ、帰り際には『若槻くんのとこ辞めたらうちで働かない？』とスカウトされるまで気に入られていた。

なんというか、もう、さすがでしかない。

競合他社の社員じゃなくてよかったと心から思う。

「そういえば、営業の経験あるの？」

いくら社内で必要以上に関わらないよう気をつけているとはいえ、ふたりきりで歩いているときに無言は気まずいので、これはただの気遣いだと割り切って会話を振った。

派遣社員、特に女性には主に事務作業を依頼するのだが、営業補佐として入社する女性は珍しかった。

「何年か前にちょっとだけね。それからずっと営業職希望だから、こうやって同行できるのはすごく勉強になるし楽しいよ」

「そっか」

絶対向いてるけどお願いだから同業界はやめてくれ。

「ここの前はなんの仕事してたの？」

「コールセンター」

「また？　好きだな」

「そういうわけじゃないけど。条件いいし、簡単に入れるから」

「確かに」

札幌はコールセンターが多いうえに入れ替わりが激しいので、探せば求人はいくらでもある。

「営業の仕事は……あのあと、すぐ？」

昔の話を振ったのがよほど意外だったらしく、彼女が珍しく眉を上げた。

いつも笑っているから表情豊かな印象があるが、逆に言えば笑顔以外はほとんど見せない。ある意味、無表情といえるのかもしれなかった。

そう、俺は彼女の笑顔ばかり見てきたはずなのに、彼女の笑顔が好きだったはずなのに、ふとした瞬間に彼女の記憶が甦ったとき、真っ先に浮かぶのは泣き顔だった。

最後に会った日、一度だけ見た彼女の泣き顔。

俺を捨てて上司と付き合った彼女は、逃げるようにバイトを辞めた。すんなり別れを受け入れることなどできなかった俺は、最後に一度だけふたりで会いたいと伝え、べつに見たくもなかった夜景を見に行った。

自分が最低な人間だと、幸せになる権利なんかないことはわかっている。だけど、どうしても彼が好きで、どうしても諦められなかった。

彼女は泣きながら、訴えるように俺にそう言った。

そして最後に、か細い声でこぼした言葉も、はっきりと覚えている。

――私だって幸せになりたい……。

なぜ泣き顔ばかり思い出すのか我ながら不思議だったが、再会してみてなんとなくわかった気がする。

あれは、いつからか人形みたいに見えていた彼女が唯一見せた、人間らしい一面だったからだ。

彼女の訴えを聞きながら、ふざけんなと思った。絶対に許せないと、許せるはずがないと、不倫相手とふたり揃って地獄に落ちろと心から思った。

だけど、それでも。

たった一度だけ俺に本心を見せてくれたことが、感情をさらけ出してくれたことが、少なからず嬉しかったのだ。

「ううん。しばらくはふらふらしてたんだけど、三年くらい前にいい加減ちゃんとしなきゃなーと思って、不動産会社に契約社員で入ったの。正社員登用制度がある会社だったから頑張ってたんだけど、一年くらいで倒産しちゃって」

「ま……じか」

「だけど営業の仕事がけっこう楽しかったから、また不動産営業の、今度は最初から正社員がいいなって思ってずっと仕事探してるんだけど、面接でことごとく落ちちゃうの。だから結局コールセンター転々とするしかなくて」

「そんな立て続けに落ちるの？　なんで？」

「不動産業界って、特に営業は男社会だし、若い女はあんまり歓迎されないみたい。あと、たぶん警戒されちゃうんだよね。二十代半ばかあ、どうせさっさと結婚して子どもつくって辞めるか、産休育休って長期休暇取るんだろうなーって」

「え、そんなこと言われんの？」

「さすがにはっきりとは言われないよ。だけど、空気感でわかっちゃうの。特にほら、私って世の中舐めてる小娘っぽく見えるでしょ？」

冗談めかして自虐を口にする彼女に、そんなことない、とは言えなかった。

世の中舐めてる小娘、とまでは言わないが、世間が彼女みたいな女の子をそういう目で見ている節は少なからずあるような気がする。……俺だって、あの頃はその中のひとりだったかもしれない。

だからこそ、男癖は最悪なのに仕事には真摯に取り組む姿を間近で見て――どれだけ弄《もてあそ》ばれても、どうしても嫌いになれなかったのだ。

「けど、今どきそんな古い価値観持ってる方が悪いだろ。結婚しない女の人だっていっぱいいるし」

「私も一時期はそう思ってたけど、今はもう、しょうがないのかなって思うよ。いくら時代が変わってるとしても、私を面接した年代の男性はそういう時代を生き抜いてきたわけじゃん。実際に私くらいの歳の女性が結婚や妊娠で退職したりするのをたくさん見てきたわけでさ。だから、私みたいなタイプをそういう先入観込みで見ちゃうのはしょうがないんだと思う。それに私だって、絶対に結婚も出産もしません！なんて言いきれないし」

気付けば、どこか物寂しげに微笑む彼女の横顔に見入っていた。

ふいに、頭の中で警鐘が鳴る。

やはり彼女と関わるべきじゃない。深入りするような真似はやめておいた方がいい。彼女と接するときに油断は禁物だ。じゃないと、彼女が放つ引力に本能が逆らえなくなる。

逃げ場を求めるように視線だけで周囲を見渡すと、地下鉄の出入り口がすぐそこにあった。

仕事が溜まっているので会社に戻るつもりだったが、明日地獄を見るのを承知で急遽《きゅうきょ》変更する。

「あ、えっと、俺このまま直帰するから宇佐美さんも……って、派遣さんって直帰していいの？」

「基本的には派遣先のルールに合わせるから大丈夫だよ。それに、営業後は若槻くんの指示に従ってって課長に言われてるし。派遣元に連絡さえすれば問題ないと思う」

「そっか。じゃあ——」

彼女の頭の向こうに見覚えのある姿を捉えて、思わず息を呑む。

五年間も見かけることすらなかったのに、すぐにわかる。まるで変わっていない。柊《ひいらぎ》だ。

俺と彼女の元上司で——彼女が俺と二股をかけていた、不倫していた男。俺の視線の先で、若い女の子と親しげに喋っている。

今彼女とあいつがどうなっているのかは知らない。聞いたことがないし、聞きたくも知りたくもない。そんなのどうでもいい。今でも付き合っているとしても、そもそも不倫するようなクソ野郎だ。他の女の子と歩いていようが、ましてや浮気をしていようが、なんら不思議ではない。

なのに俺は、自分でも異様なほど焦っていた。

俺の狼狽と視線に気付いたのか、彼女が後ろを向こうとした。

「――飯！　行かない？」

つい声が大きくなってしまったが、彼女が後ろを向くのを防ぐことは成功した。

反転させかけた顔をこっちに戻して首をひねる。

「ご飯？」

「いや、腹減っちゃって。実は昼飯食ってないんだよね。行きつけの店あるから行こうと思うんだけど、すぐそこだから、よかったら付き合ってよ」

彼女にこんな下手な嘘は通用しないとわかっていた。

だけど訝る様子もなく、私もお腹空いちゃった、と微笑んだ。


かなり強引に、行きつけの『喫茶こざくら』に連れていった。大通やすすきのでもよかったが、会社の奴ら（特に松田）に見られたら厄介なことになりそうなので、あえてちょっと離れた店にしたかったのだ。

「いらっしゃいませー。あ、聖矢くん、やっほー」

フレンドリーな結季さんに「こんばんは」と返し、カウンターの奥で息を潜めているマスターに会釈をした。

するとマスターの足下にでもいたのだろうワンコがひょっこり姿を現した。いつも通り歯を剥き出して低く唸る。

しゃがんで手を差し伸べ、匂いをかがせてからゆっくりとワンコの首もとに慎重に手を伸ばす。店に通い始めたばかりの頃は触ろうとするたびに噛まれかけていたが、長年通っているうちにこの手順を踏めば撫でさせてくれるようになった。両手でわしゃわしゃ撫でると、気持ちよさそうに目を細めた。

「チワワだ。可愛い。男の子ですか?」

「そうだよー。可愛いよねえ。愛くるしすぎて、天使なの?って感じだよね。ていうか天使なんだと思う」

恥ずかしげもなく親馬鹿を発揮する結季さんと会話を弾ませながら、彼女が俺の隣にしゃがんでワンコの頭に手を伸ばした。

立花さん夫婦以外には懐かないことを知っているので、慌てて止めようとすると、ワンコは唸ることなく素直に撫でられていた。

「は……?」

俺が何年もかけて信頼関係を構築し、やっとの思いで成し遂げたことをあっさりしてみせた彼女に複雑な思いが湧く。人たらしは動物までも虜《とりこ》にするというのか。驚きと悔しさを共有するべく結季さんを見上げると、なにやら切なげな顔をしていた。

テーブル席に向かい合って座る。秒で彼女に懐いたワンコは、結季さんの許可を得て彼女の膝に乗っていた。

溺愛している愛犬が自分たち以外の、しかも初対面の人間にあっさり懐いたのがよほど悔しいのか悲しいのか寂しいのか、カウンターの奥から結季さんがやや恨めしそうにこっちを見ている。

外の黒板に書いてある『本日のメニュー』以外にも頼めば作ってもらえるので（結季さん次第だが）、喫茶店なのかレストランなのか居酒屋なのかよくわからない統一性ゼロのメニューから、どことなく悲愴感が漂っている結季さんにいくつかのつまみと酒を注文した。

「あ。この曲好き」

天井を見上げて彼女が言った。

流れているのはいつも通りblack numberの曲だが、今かかっているのは初期のアルバムにしか収録されていない、おそらく古参以外にはあまり知られてないだろうマイナーな失恋ソングだ。

「これ知ってんの？　もしかしてファン？」

「うん、ファンだよ。black numberの曲ってすごい沁みるから、落ちてるときに聴いたら泣いちゃうよね」

「そうなんだ。なんか……すげえ人間臭くない？」

「そこが好きなんだけど。もしかして、私のことＡＩだとでも思ってる？」

「いや……べつに」

なんとなく、人間らしいところもあるんだと思っただけだ。

考えてみれば、俺は彼女のことをあまり知らない。名前と地元、好きな酒とつまみ。知っているのはそれくらいだった。

「全然知らなかった。俺も好きだよ」

「うん、若槻くんは好きそう」

「女々しいって言いたいのかよ」

「優しいって言いたいんだよ」

ビールがふたつと、お通しが届いた。この店は喫茶店と名乗っているわりに珍味も豊富である。どうやら結季さんが酒飲みらしい。

彼女は「ワンちゃんにお酒こぼしちゃったら大変だから」と言って、膝に乗せていたワンコを放した。ワンコは少し名残惜しそうに彼女から離れて、結季さんとマスターのもとへ戻っていく。

約五分ぶりの感動の再会を見届けて、やや躊躇《ちゅうちょ》しながら、五年ぶりにグラスを重ねた。

「また気遣わせちゃったね」

たこわさを箸でつまみながら、彼女が微笑んだ。いつものにこにこではなく、どこか可笑《おか》しそうに。

表情の変化と発言にドキッとした。

「……見えてたんだ」

「視界の端に、ちょこっとね。視力にはけっこう自信あるから」

たこわさを口に含み、何度か咀嚼《そしゃく》してからビールを流し込んだ。

この外見からは想像もつかないほどオッサン寄りの食の好みも、飲みっぷりも変わっていない。

「そんなに気にしなくていいのに。大通で働いてたら、嫌でも見かけちゃうときあるし。それに、べつに今さら会ったってなんとも思わないよ」

言い方からして、もうとっくに別れているのだろう。結婚していないことは、今の話を聞くまでもなくわかっていた。名字が変わっていないし、指輪もしていない。飲み会で聞こえた会話の中でも、今はひとり暮らしだと言っていた。

結婚していないことに、俺は確かにほっとしていた。

「飲み会のときといい、本当に優しいよね、聖矢く——あ、ごめん」

「べつに、優しさじゃないよ。それに変わんないのは……萌ちゃんもだろ」

五年ぶりに口にした名前は、俺の心臓をひどく痛めつけた。

変わらないでいてほしかった。社内だろうが平気で二股して平気で不倫して、平気で誰とでも寝るクソビッチでいてほしかった。

変わっていてほしかった。仕事よりも男漁り最優先で、男に頼ってどっぷり甘えて楽して生きることしか考えていない、それこそ世の中舐めてる小娘になっていてほしかった。

そうしたら俺は、こんなにも心を乱されずに済んだのに。

「煙草」

「え?」

「外で吸えるよ。店の右側に灰皿あるから」

外見に似合わないのは、食の好みと飲みっぷりだけじゃない。彼女は昔から喫煙者だった。しかも電子煙草ではなく紙煙草だ。

「私がまだ吸ってるって、よくわかったね」

「昼休憩後とか、たまに煙草の匂いするから」

「あ、だよね。なんかごめん」

「いいよ、べつに嫌いじゃないし。うちの会社、吸う奴けっこう多いし」

「じゃあお言葉に甘えて、一本だけ吸ってこようかな。喫茶店なのに灰皿あるなんて今どき珍しいね」

「結季さんが吸うから。昔は中でも吸えたんだけど、時代がわたしを置いてったとかわけわかんねえこと言ってた。ワンコ飼い始めたからってのもあるみたいだけど」

「外で吸えるだけでも良心的。お酒もおつまみもおいしいし、ワンちゃんは可愛いしなんか居心地もいいし、通っちゃいそう」

一服できるのがよほど嬉しかったのか、彼女は明るく笑って一旦店を出た。

五分ほどで戻ってきた彼女から、あの頃と変わらない匂いがした。

俺は煙草を吸わないが、紫煙を吐く彼女の横顔はなぜかやけに色っぽくて嫌いじゃなかった。彼女が俺の前からいなくなったあと、脳裏に焼きついたその姿と部屋に染みついた煙草の匂いに、どれだけ苦しめられたかわからない。

彼女は俺の複雑な胸中を知ってか知らずか――なんとなく見透かされていそうな気もするが――まるで知り合ったばかりの頃みたいに、よく笑いよく喋った。俺も、気付けば警戒心を解いて馬鹿みたいに笑っていた。彼女の手にかかれば、俺の憂悶を吹き飛ばすのも、五年間の空白を埋めるのも容易《たやす》いことなのだ。

これは俺の思い違いだろうか。

セフレになる前の、ただの気の合う友達だった頃でさえ見たことがないくらい、今の彼女はリラックスしていた。ずっと微笑んでいるところは変わらないのに、その中にも微妙な変化があることを感じ取れた。

思い違いじゃないとしたら、彼女も当時は俺に強い警戒心を持っていたのかもしれない。いくら体を許してくれても、心の中には俺なんかが打ち破ることは到底できないくらい、強固な壁を作られていたのだ。

俺は、その壁に気付いていた。だからこそ悔しかったのだ。

だけど、と思う。

あの頃の俺は、彼女のなにを見ていたのだろう。

酒のつまみ以外で好きな食べ物も、好きな色も、好きな季節も、犬が好きなことも、辛いときに好きなアーティストの曲を聴いて涙する普通の女の子だったということさえも知らなかった。

振り向かせたくて躍起になり、彼女が唯一俺に開放してくれた体に執着し、自分の気持ちを押しつけるばかりだった。

俺は一度でも、彼女が作っていた壁の意味や理由を理解しようとしたことがあっただろうか。

俺は結局、彼女のことをなにも知らず、見ようとさえしていなかったのだ。

あんなに——死ぬほど、狂いそうなほど、好きだったのに。

＊

課長はその後もちょくちょく俺の営業に彼女を同行させた。営業に回った帰り、時間が遅くなった日は『喫茶こざくら』で軽く飲むようになった。

「ずっと思ってたんだけど、喫茶こざくらって、昔聖矢くんが住んでたマンションと関係あるのかな。確か、ルミエール小桜《こざくら》？って名前だったよね？　場所も近いし」

「俺もそう思って聞いたことあるんだけど、全然関係ないって」

「あ、そうなんだ。こんな近場で同じ名前なんて、偶然だね」

この店は日によって提供できるメニューが異なる。今日は結季さんの機嫌がいいうえに洋食の気分らしく、テーブルには、カルパッチョやカプレーゼやアヒージョやステーキなど、軽く飲むだけのつもりだった俺たちにはちょっと豪華すぎるメニューが（注文していないものまで）並んでいた。

彼女は「たまにはこういうのもいいね」と言いながら、おいしそうにどんどん食べ進める。ビール党だと思っていたがワインも好きらしい。

「俺が住んでたマンションの名前なんか、よく覚えてるな」

「記憶力にはけっこう自信あるから」

「だろうな」

俺が今まで教育してきた新人や派遣社員の中で、彼女は圧倒的に呑み込みが早かった。おかげで俺も例年よりは自分の仕事に集中できている。

感心していると、忙しなく動いていた彼女の手が止まった。

窺うように上目で見つめられたとき、これから彼女が話すことに見当がついた。

「覚えてるよ。聖矢くんと話したことも、聖矢くんにしたことも、最後に会った日に言われたことも」

彼女とまた飲むようになってから、いつかこの話をする日が来ると思っていた。

再会してから、それとなく昔話を避けていたのは俺だけじゃない。同時に、あの日のことが一番引っかかっていたのもきっと俺だけじゃない。

「気にしてないと思ってた」

「やっぱり私のことAIだと思ってるでしょ」

彼女が冗談めかして笑う。俺は笑えなかった。

「めちゃめちゃ気にしてたよ。正直すごい効いたから。なんか、ナックルで頭カチ割られてる感じ?」

可愛い顔して物騒なことを言う。

俺はただ黙って振られたわけじゃない。最後に会った日、俺も俺で彼女に憤りをぶちまけた。――と言えば多少はオブラートに包めるかもしれないが、単に激情に駆られて暴言を吐きまくったのだ。

俺を利用した挙げ句あっさり捨てて、他の――不倫なんかするクソ野郎を選んだことが、どうしても許せなかった。

「訊いても、いい？」

「なに？」

「なんで……別れたの？　あいつと」

彼女は目を丸くした。俺自身も驚いている。柊の話なんか絶対に聞きたくないと、ましてや自分から振るなどありえないと思っていたのに。

すぐに平静を取り戻した彼女は、淡々と料理をつまみながら答えた。

「浮気されたの」

想定内だったが、さすがに『だから言っただろ』とは言えなかった。

「今、自業自得だろって思った？」

「い、いや……」

「いいよ。その通りだもん。私もそう思ったから、浮気に気付いてからも責められなかった」

言葉に詰まっている俺を見て、彼女が自嘲気味に笑う。

「聖矢くん、言ってたよね。不倫なんかする奴は性根が腐ってるから絶対に反省しない、何回でも同じこと繰り返すんだ、って」

「……ほんとによく覚えてるな」

「その通りだと思ったから。私も覚悟してるつもりだったんだよ。だけど実際に浮気されたとき、自分でもびっくりするくらいショックだった。覚悟してるとか言っといて、ほんとは期待してたんだと思う。奥さんと別れて私のこと選んでくれたくらいだし、私のことは一途に想ってくれるんじゃないか、変わってくれるんじゃないかって。今思えば浮かれすぎてて恥ずかしいんだけど」

彼女の気持ちは痛いほど伝わった。

当時、俺も似たようなことを思っていたからだ。

俺と付き合えば、彼女が変わってくれるんじゃないかと。

「だけど、結局あっさり浮気された。あの人にとって私はその程度の存在だったんだよ。私が舞い上がってただけで、ただ奪う側から奪われる側になっただけだったの。浮気されたから別れたっていうより、その事実に耐えられなかったって言った方が正しいかも」

最後に会った日、彼女はこうも言っていた。

好きな人と付き合えたのは初めてだと。どんなに頑張っても、一度も振り向いてもらえたことはなかったと。

当時はこの期に及んで俺の同情を買おうとしているのだと思っていた。だってそうだろ。これだけ可愛くてコミュ力抜群なら、さぞかし人生を謳歌《おうか》してきたのだろうと思うのは無理もないはずだ。

だけど今の彼女を見ていると、あれは本当だったのだろうと思った。

そんな彼女に、俺は暴言を吐きまくってしまったのだ。

「……ずっと謝りたかった。あのとき、ひどいこと言ってごめん」

「ううん。私みたいな女ってね、自分がクズだってちゃんと自覚あるの。聖矢くんにひどいことしたって自覚もある。だから、聖矢くんが謝ることなんかないよ」

「でも……傷つきはするだろ」

「もし、傷ついたとしても」

彼女の口元は変わらず弧を描いていた。

大きな目で、まっすぐに俺を見つめる。

「私が先に聖矢くんを傷つけた。だからあのとき、聖矢くんは私を傷つけてよかったんだよ。自分を傷つけた相手くらい傷つけたっていいと思う。私はね」

あのときの俺もそう思っていたのかもしれない。いや、間違いなく思っていた。俺はズタボロに傷つけられたのだから、やり返す権利があると。それくらい許されてもいいはずだと。

ガキだったのだ。

天使みたいな女の子だと惚《ほう》けていたのに、自分の気持ちが報われないことを悟った途端に憤り、感情が暴走し、俺は彼女を悪魔にした。全てを彼女のせいにして、彼女だけを責めた。セフレという関係に甘んじていたのは俺自身なのに。

——あなたと寝ても、あなたのことは好きになれないと思う。それでもいいなら。

初めて家に誘った日、彼女は俺にきっぱりとそう言った。最初から分厚い壁を作って、絶対に超えられない境界線を引いて、それを隠そうともしなかった。

ひょっとすると、俺が思っていたよりもずっと、彼女は不器用なのかもしれない。

俺の好意をもっとうまく利用できたはずなのに、そうしなかったのだ。

「再会したとき、正直すっごく焦ったよ。表面上だけでも普通に接してくれるだけでありがたかったのに、またこんな風に飲める日が来るなんて夢にも思ってなかった。だから、ありがとう」

ああ、やばいな。やっぱ無理だな。いや、とっくに無理だったな。

たぶん何度離れても、俺はきっと、一瞬で彼女を好きになる。

どうしようもないくらいに、惹かれてしまう。

だけど彼女は、あとたったの二か月で、また俺の前からいなくなる。

＊

「はー……今日も萌さん可愛すぎる……俺のオアシス……」

地獄の繁忙期ラストスパートに社員全員が悲鳴をあげている中、松田だけ時間軸が違うみたいにのほほんとしていた。今にも雪崩が起きそうなほど山積みになっている書類の隙間から、彼女に気持ち悪いくらいの熱視線を送っている。

普段からまあまあ鬱陶《うっとう》しい奴だが、忙しいときはこののんきさに殺意すら芽生える。

「うるせえよ仕事しろよ。……つーかなんで名前呼びになってんだよ」

「名前で呼びたいっつったら、全然いいよーって言ってくれたんで」

「だからなんで急に」

「先週の金曜、ついに萌さんとサシ飲みしたんで」

「は？」

血眼でキーボードを叩いていた手が止まる。

「たまたま帰りが一緒だったんで、飲みに誘ってみたんすよ。そしたら意外とあっさりオッケーしてくれて。しかもなんか盛り上がっちゃって、朝までコースっす。あー楽しかった……うへへ……」

松田がだらしなく顔をふにゃけさせた。口は動いているが、手はざっと十分以上止まっている。そろそろ殺してもいいだろうか。

「あ、でも会社ではちゃんと名字で呼びますよ。変に誤解されて子会社に飛ばされたくないですから。安心してください」

サシ飲みして、しかも松田は彼女に気があって、彼女は――元クソビッチで。そんなふたりが朝まで一緒にいたということは、考えられることはひとつしかなかった。ヤッたのかよ、こいつら。

――私だって派遣期間ちゃんと全うしたいから、社内での印象悪くしたくないし。それに、ちゃんと後悔もしてるから。

あれ嘘かよ。結局変わってねえのかよ。もうすぐ派遣期間終わるからどうなってもいいってことかよ。

「知らねえよ。どうでもいい」

厚めの書類を丸めて、「さっさと仕事しろ」と正当な理由を口にしながら松田の頭をぶん殴った。

松田に「パワハラで訴えますよ」と涙目で脅されるまでいびり倒し、それでもむしゃくしゃが収まらなかった俺は、ひとりで『喫茶こざくら』に寄った。

「いらっしゃい」

深夜の店内にいたのはマスターだけだった。

マスターは極度の人見知りらしく（よく喫茶店など開いたものだ）、彼女も連れてくるときは気配を消していたが、今日は普通に出迎えてくれた。俺も通い始めた頃は『いらっしゃいませ』すら言わずに会釈をされるか『……ませ』と言われる程度だったが、慣れれば普通に話してくれる。

カウンター席に座り、とりあえずビールと、結季さんが作り置きしていたという軽食を出してもらう。今日は本業が忙しく、店に顔を出す余裕がないらしい。

マスターは口数こそ少ないが察する能力に長けているので、俺が話したがっていることを察してくれたらしく、厨房に下がることなくカウンターを挟んで俺の向かい側に立った。

ビールで喉の渇きを潤してから切り出した。

「誰かを死ぬほど好きになったことありますか」

「あるよ」

唐突な質問にも無表情のまま即答する。

「結季さんっすか」

「うん」

「そういえば馴れ初め聞いたことなかったですけど、なんとなく想像つきます。マスターが結季さんに惚れたんでしょ」

「そう。けど最初はまったく相手にされてなくて」

それもなんとなくわかる、とは口にしないでおいた。

マスターと結季さんは見るからに正反対で、例えば同じ教室にいても間違いなく世界が交わらないタイプだ。

「きついっすよね」

「二か月くらいの間に何回も告ったんだけど。それこそほぼ毎週」

「それは……やばいっすね。もうまんまじゃないですか」

天井を指さす。今かかっている曲は、好きな子にまったく相手にされない男の曲だ。

俺も彼女に片想いしていた頃に、泥沼でしかない恋愛を無理やり明るくするべく、とにかく自分を鼓舞するためによく聴いていた。

あの頃の俺は、彼女が振り向いてさえくれればなんでもよかった。べつに大して俺を好きじゃなくてもいいから、とにかく手に入れたかった。

思い返しているうちに、彼女がなぜ俺を選ばなかったのかわかった気がした。

俺はあまりにもガキで、全てにおいて一方的な独占欲を剥き出しにしすぎていたのだ。対して、柊はいつも余裕を持っていて、なおかつ全てを見透かすような雰囲気があった。

そうか、と思う。あのふたりはよく似ていたのだ。

もしかすると、誰かを好きになるのは二パターンに分かれるのかもしれない。

自分と似ている相手か、自分と正反対な相手。

俺は後者だったのだろう。

俺にないものを持っている彼女が、ほしくてたまらなかった。

「何回も告ってるうちに結季さんがほだされて、みたいなパターンですか？」

「いや、なんか疲弊してた。全然タイプじゃないとかまったく恋愛対象として見れないとか、あなたと付き合っても楽しくなさそうとか、なに言われても俺が引かなかったから」

俺だったらたぶん首を吊《つ》っている。

「メンタル強すぎませんか」

「全然強くないよ。粉々に破壊されてた。けど自信があったから諦めなかった」

「俺なら彼女を幸せにできる、とか？」

「いや……結季ちゃんはそういうので喜ぶタイプじゃないから……鼻で笑われそう……」

「ああ……確かに……」

たぶんマスターはあまり語彙を持ち合わせていないので、適切な言葉を探すように天井を見上げながら首をひねっていた。

答えが出るのを待ちながらちびちびビールを飲んでいると、

「この子には絶対俺だろ、って自信」

マスターの顔がやや綻んだ。

答えが見つかったことに満足したのか、二階にいる結季さんのことを思い浮かべているのか。

「俺なら結季ちゃんの全部を受け入れられると思ったたし、そう言った。どんだけ傷ついても、どうしても好きだったから」

「でも……」

一方的に自分の気持ちを押しつけて手に入れたとしても、それは幸せだといえるのだろうか。——という疑問は、口にするまでもなく消えた。

「今思えばしつこすぎたし自分でもちょっと引くけど、頑張ってよかったとは思ってるよ。結季ちゃんも、今が人生で一番幸せだって結婚してからずっと言ってくれてるし。俺が鬱っぽくなって会社辞めたときでさえ」

俺が何年も見てきた立花さん夫婦と愛犬は、いつだって溢れんばかりの幸せに満ちていた。

＊

繁忙期が終わり、彼女をはじめ派遣社員が契約満了を迎える。さらに異動や退職をする社員もいるので、部署全体で大々的な送別会が開かれることになった。

さすがに空気を読んだ男どもは、歓迎会のときのようにこぞって彼女を取り囲むとなく、営業部を去る人間にまんべんなく挨拶をしていた。

一次会が終盤に差しかかった頃、部長の号令で退職者たちが前方に集まり、ひとりひとり簡単に挨拶をしていく。

彼女の番になったとき、俺の心臓は過去最高に痛んでいた。

「短い間でしたが、みなさんと一緒に働けて楽しかったです。とても貴重で幸せな時間でした。本当にありがとうございました」

仕事を転々としていたという彼女は、慣れた様子で流暢《りゅうちょう》に言葉を紡いだ。最後に、俺たちに向けて深く頭を下げる。この光景を見るのは二度目だった。

宴会場が何度目かの拍手に包まれる。俺も手を合わせる動作はしたが、乾いた音が力なく鳴るだけだった。

全員の挨拶が終わり、同時に宴会も終わりを告げた。

店を出てもすぐに二次会の会場へ向かわず、それぞれが別れを惜しむように最後の会話に花を咲かせる。店側や通行人からしてみれば迷惑極まりないだろうが、今日くらいは許してほしい。

「今日で萌さんともお別れかあ。ああー癒やしがなくなる。俺のオアシス……」

「うるせえよ。つーかべつにお別れじゃねえだろ」

「え？　なんでっすか？」

「なんでって……」ヤッたんだろ、と危うくドストレートに言いかけて、社会人らしい言葉に変換する。

「付き合ってんじゃねえの？」

「え？　俺ら付き合ってんすか？　なんでそんな話になってんすか？」

付き合ってねえのかよ。

ほっとしたいところだが、そうもいかなかった。だとしたら、そういうことになるのだから。

帰宅組がはけていき、やっと二次会の会場へ移動し始める。俺は立ち尽くしたままだった。

「なんでって……だっておまえ、宇佐美さんと朝まで一緒にいたっつってたろ」

「いましたよ。カラオケ行きたいっつったら付き合ってくれて、盛り上がりすぎて終電逃しちゃったんで一緒にオールしました。素面でオールしてくれるとか、萌さんノリよすぎますよね」

「は……？　カラオケ……？　え、てか、素面……？」

「大勢でもふたりでも、男がいるときは酒飲まないようにしてるとか言われちゃって。その時点で脈ゼロっすよね。歓迎会のときも、すげえ酒豪だと思ってたらノンアルだったらしくて。話してるときも、なんかもうオーラがすげえんすよ。ガード固いっていうか。全然相手にされてないっす。まあ見てるだけで死ぬほど癒やされるからべつにいいんすけど」

思わず放心する。

するとと松田は俺の誤解に気付いたらしく、卑しく笑った。

「え、若槻さん、まさか俺らがそういう感じだと思ってたんすか？　飲みに行ったっつっただけで？　ヤダァ若槻さんやらし――ってえ！」

ほぼ条件反射で松田をぶん殴ってしまった。もはや俺の体は松田を殴ることになんで躊躇がなくなっているらしい。

「ややこしい言い方してんじゃねえよ馬鹿野郎」

頭を抱えている松田を放置して、二次会組のあとを追った。

見慣れた集団を見つける前に、彼女の姿が目に入った。二次会には行かないのか、花束やプレゼントを抱えてひとりで歩いている。

「——萌ちゃん！」

人目も憚らずに叫ぶと、振り返った彼女が小さく微笑んだ。

速まっていく鼓動を抑えながら、彼女に歩み寄る。

名前はわからないが、白とピンクで彩られた花束は彼女によく似合っていた。

「今日は……飲んでたの？」

やはり勘がいい彼女は、質問の意図を瞬時に察した。

「失敗を未然に防ぐ方法、知ってる？」

「……なに？」

「自分を信用しないこと。……お酒が入ると、どうしても気が緩んじゃうから」

——社内での印象悪くしたくないし。それに、ちゃんと後悔もしてるから。

彼女の目に嘘がないとわかっていたのに、彼女は変わろうとしていたのに、俺はどこまでも疑っていた。いや、疑っていたかった。彼女が本当に改心したのだと信じたくなかった。

また期待して、傷つきたくなかったからだ。

「だったらなんで……俺といるときは飲んでたんだよ」

「聖矢くんといるのが楽しかったからだよ。だから、どうしても飲みたくなっちゃったの」

ちっとも逡巡する素振りを見せず、まっすぐに俺を見上げて言った。

「……ふざけんな」

思わせぶりなこと言ってんじゃねえよ。

俺のことなんか好きじゃないくせに。

俺の気持ちなんか、どうせ知ってるくせに。

隠せるはずがなかった。ただでさえ俺みたいに馬鹿で単純な野郎が、彼女の洞察をかいくぐれるはずがないのだ。

実際に、五年前だって隠せたことなんか一度もない。いつも見破られて、見透かされていた。

だったら、前置きも建前もいらない。今さらそんなもの必要ない。

「俺……ずっと、二度と萌ちゃんに会いたくないって思ってた」

いい加減自分でも呆れてしまう。

俺はまた、五年前と同じことをしようとしている。

「だってさ、また会えたって——どうせ俺の前からいなくなるんだろ」

いつだって俺は、自分の気持ちをぶつけることしかできなかった。

「もう嫌なんだよ。ただ黙って萌ちゃんの後ろ姿見送るのは」

俺を見上げる彼女の目は、あの日みたいに空虚なんかじゃなかった。

それはあの日と今とで彼女の中にあるものが違うからなのか、あるいは俺自身の問題なのか、定かじゃなかった。

そんなこと、もうどうでもよかった。

「最後に会った日、言ってたよな。幸せになりたい、って」

今まで何度思い出し、何度悔やんできただろう。

幸せになりたいと泣きながらこぼした彼女に、俺はなにも言えなかった。

「幸せにするなんて言えねえよ。とっくに知ってるだろうけどさ、俺は自分のことでいっぱいいっぱいだし、余裕なんかねえし、死ぬほどかっこ悪い奴だから」

彼女と出会うまで、俺は自分のことをまあまあイケてる奴だと思っていた。そこそこ偏差値が高い大学に一般入試で入れる程度の頭はあったし、スポーツも得意だったし、友達は多い方だし、それなりに恋愛もしてきた。持ち前のコミュ力を武器に、人間関係で悩んだことはほとんどない。

そんな俺の自信を、彼女はたったの数か月でぶち壊したのだ。

「萌ちゃんはさ、俺が必死に隠してた、自分でも知らなかったくらいだっせえとこを炙《あぶ》り出して、しかもえぐってくるんだよ。全然かっこつけさせてくんなくて、自分がどんだけ情けなくて女々しい野郎なのか思い知らされる。だから、二度と関わりたくないって思ってたのに――」

忘れられなかったのは、手に入らなかったからだと思っていた。悔しくて、惨めで、滑稽で、そんな思いをさせた相手に変に執着しているだけだと。

むしろ、そうであってほしかった。これはただの執着で、未練なんかじゃないと思いたかった。

なのに、彼女を前にして思うのは。

「どうしても、萌ちゃんが好きなんだよ」

ただ、それだけだった。

五年の月日が流れたからこそ、ほんの少しだけ大人になったからこそ、わかる。

俺はただ、彼女のことが――萌ちゃんのことが、死ぬほど好きなのだと。

「さっき二度と会いたくなかったって言ったばっかだけどさ。自分でもなに言ってんのかわかんねえけどさ。心のどっかで、ずっと萌ちゃんに会いたいと思ってた気がするんだよ。だから再会できたとき、ほんとは死ぬほど嬉しかった」

もうわかっていたのだ。

俺は萌ちゃんに弄ばれたわけじゃない。自分で茨の道を選んだ。

萌ちゃんは俺を捨てたわけじゃない。感情のブレーキを失い暴走する俺に見切りをつけただけだ。そして、好きな奴を一途に想う覚悟を決めただけだ。

いや、違う。そんなこと当時からわかっていた。

だけど大学生のクソガキだった俺は、責任を全部相手になすりつけて辛い現実から逃げることしかできなかった。

今だって大して変わらないかもしれない。年齢を重ねても、経験が増えても、俺はいつまで経ってもクソガキのままだ。

だけど、今なら。

「俺以上に萌ちゃんのこと好きになる奴なんか絶対いねえよ。俺が持ってるもん、全部萌ちゃんにあげるから。だからさ――」

萌ちゃんを誰よりも愛して、誰よりも大切にできる。

俺がそうしたいと思えるのは、どうしても萌ちゃんだけだった。

「――もう、俺にしとけよ」

ああ、俺、まじでだせえ。

なんで、こんなときに、涙なんか。

周囲を見渡さなくても、通行人に好奇の目を向けられていることがわかる。萌ちゃんにまで恥ずかしい思いをさせてしまっている。わかっているのに、袖で拭っても拭っても止まらない。

歪んでいる視界の中で、

「うん、そうだね」

萌ちゃんは俺が五年間ずっとほしかった言葉をこぼした。

そして足を一歩前に出し、俺たちの間にずっと立ちはだかっていた壁を崩した。

「私、煙草やめないよ？」

「いいよべつに。好きなだけ吸えよ。病気になんねえ程度に。灰皿買っとくから」

「本数減らす努力くらいはするね」

悪戯っぽく笑った彼女は、やっぱりむかつくくらい可愛い。

「……だっせえな、俺。男のくせに泣いたりして」

「ださくないよ」

「けど、二十七にもなって公衆の面前で泣くのはやべえだろ。ごめん、恥ずかしい思いさせて」

「やばくないし、私は恥ずかしくないよ。それに、泣くのに性別も歳も関係ないよ」

ああ、なんか、思い出した。

萌ちゃんは、人を否定しない優しさと、人のせいにしない強さを持っていた。

だから俺は、萌ちゃんを好きでいると同時に、憧れていたのだ。

「だからさ。——そういうところが好きなんだって」

これは気持ちが報われたといっていいのだろうか。萌ちゃんは俺の気持ちを受け入れてくれただけで、俺を――好きなわけじゃないのに。

俺は、萌ちゃんが好きな男にだけ向ける目を、見せる顔を知っている。柊を見つめる切なげな目を、柊と話しているときの嬉しそうな顔を、ずっと隣で、体を引き裂かれるような思いで見ていた。

俺を見る彼女の表情にはそのどちらも滲んでいない。あの頃も今も、自惚れることなどできないほどに、彼女にとって俺は恋愛対象外なのだ。

だけど、それでも、どうしても、嬉しかった。

どうしようもなく、萌ちゃんが好きだった。

「絶対に言えないって思ってたけど、実は私もね、もう一回聖矢くんに会いたかったんだよ」

「……なんで？」

「ずっと言いたかったことがあるから。今言ってもいい？」

萌ちゃんは両手を伸ばし、俺の頬に触れた。

涙を拭うでもなく、まるで幼い子どもを宥《なだ》めるように。

「あのとき、ひどいことしてごめん。ちゃんと謝らなくてごめん」

見たことのない朗らかな顔で、笑った。

「好きになってくれてありがとう」

＊

聖矢くんと過ごす時間は、信じられないほど穏やかだった。

付き合い始めてから二年が経つけれど、特筆する出来事はこれといってない。

普通に会って、普通にお酒を飲んで、普通に話す。ただそれだけのことが、私にとっては夢心地にすら感じるのだ。

全て自業自得とはいえ、そこそこ波乱万丈だった私の人生に〝平穏〟の二文字があるとは思ってもみなかった。それもそのはず、平気で誰とでも寝るクソ女に寄ってくるのは、恋人や奥さんがいても平気で私を抱くクソ男だけだった。そんな恋愛に平穏が訪れるはずがない。

本当は七年前からわかっていたのだ。私みたいな女は、聖矢くんみたいに優しくて純粋で、一途に想ってくれる人と一緒にいるのがいいことくらい。

だけど私は、聖矢くんといることを選ばなかった。好きな人とじゃなきゃ幸せになれないと思っていたからだ。私は聖矢くんを――私を好きだと言ってくれる人を好きになれなかった。

そんな私の勝手な理屈で聖矢くんを傷つけた。それでも聖矢くんは私を好きでいてくれた。私を許してくれて、丸ごと受け入れてくれた。愛されることの幸せを教えてくれた。

この感謝の気持ちを伝えるには、一体あとどれくらいの時間が必要なのだろう。

――なんてことを、隣に座ってテレビを観ている聖矢くんの横顔を眺めながら考える。

「聖矢くん、ありがとう」

「へ？　なにが？」

「いろいろ」

「なんだよそれ。俺こそありがとう」

「なにが？」

「一緒にいてくれて」

こんな会話をするたびに、聖矢くんはわかっているのだなと思う。私は聖矢くんに恋心を抱いていないし、抱くことはこの先もきっとないということを。

年齢や経験を重ねるにつれて〝一緒にいたい人〟の基準は変わっていったと思う。ドキドキなんてしなくていい。些細なことで一喜一憂するような恋愛じゃなくていい。というか私の場合はしない方がいい。男の趣味が最悪すぎて、自分から好きになったときはろくなことにならなかったのだから。

かといって〝好きになる人〟の基準も比例するかといったら、そうはならなかった。人間の性質は、そう簡単には変わらないのだ。

だから私が聖矢くんに対して抱いている感情は、恋心ではない。聖矢くんは、それをわかっている。

同時に、わかっていないのだなと思う。愛と恋は別物だということを。

だって私は、聖矢くんに恋はしていなくとも、愛情が芽生え始めている。今まで感じたことがない、とても穏やかな気持ちと安心感を抱いている。

愛は恋の延長線上にあるものではなく、感謝から生まれるものなのかもしれない。少なくとも私はそう思う。この感情のルーツを辿《たど》っていくと、行き着くのは壮大な〝感謝〟だからだ。

ありのままの君でいい。そんな、まともに生きている人間だけに許される綺麗事が大嫌いだった私に、聖矢くんが教えてくれた。ありのままの私を受け入れてくれる人がいることを、あるいは場所があることを。

聖矢くんは、私が求めていたものを惜しみなく与えてくれた。

あんなにも、彼を傷つけたのに。

過去は消せないし、水に流してもらえるはずもない。だからもう、二度と聖也くんを傷つけたくない。

同時に、私を受け入れてくれた聖矢くんのために、この場所を失わないように、変わりたいと、変わらなければいけないのだと、強く思う。

いつか〝愛してる〟と言える日まで、思いつく限りの言葉で聖矢くんに愛情を伝えていけたらいい。

「聖矢くん」

「ん？」

「私ね、聖矢くんと付き合ってからずっと、人生で一番幸せだよ」

ぶったまげた聖矢くんが五秒ほど停止し、やがて見開かれた目から涙がぽたぽたとこぼれた。

こんな姿を見るたびに、思う。愛おしいってこういうことだろうな、と。

子どもみたいに泣く聖矢くんをぎゅっと抱きしめて、私は心の底から笑った。

END

あとがき

はじめましての方もそうじゃない方も、こんにちは、こんばんは、おはようございます。小桜菜々と申します。

今作『私はヒロインになれない』は、昨年に刊行していただいた『花火みたいな恋だった』という短編集の第二弾になります。

こうして私にとって初めてのシリーズ化につながったのは、刊行に携わってくださった全ての皆さま、展開してくださった書店さま、お手に取ってくださった読者さまのおかげに他なりません。この場をお借りして、心より感謝申し上げます。

さて、第一弾では〝ちょっと人に言いにくいような悩みを抱えていたり、ちょっと人に理解されにくいような価値観や性質を持っていたりする子〟を主人公にしていました。今回はわりと普通の子たちを主人公にしつつ〝ちょっと人に言いにくいような悩み〟をより深めるべく、体の関係について触れてみました。

登場人物たちは必死に葛藤したり周囲からの言葉に気付きを得たりして自分なりの答えにたどり着きますが、もちろんそれらが正解だとは思っていません。悩みは十人十色、答えも十人十色です。むしろ答えなんてないこともあれば、出す必要がないことも多々あると思います。なので、ヒロイン（ヒーロー）ズの結論や周囲からの言葉は、ただの一意見として受け取っていただけたら嬉しいです。
という風に設定など細かい部分はもちろん毎回変えていますが、小説に込めているものは毎回あまり変わりません。なので前作のあとがきとかぶってしまいますが、今作が初小桜の方もいらっしゃると思いますので書きますね。

無性に孤独を感じてしまう瞬間もあるけれど、私たちはひとりぼっちじゃない。
そばにいてくれる誰かがきっといる。あなたの居場所がきっとある。
私たちは強くないかもしれないけれど、そんなに弱くもない。
だから、大丈夫。何度でも立ち上がれる。また前を向いて歩きだせる。
そしてどうか、あなたにとっての〝幸せの形〟が見つかりますように。

作品を通して私と出会ってくださった全ての皆さまに、多大なる感謝とささやかな愛を込めて。

二〇二四年三月　小桜菜々

小桜菜々先生へのファンレター宛先

〒104-0031東京都中央区京橋1-3-1
八重洲口大栄ビル7F
スターツ出版（株）書籍編集部気付
小桜菜々 先生

私はヒロインになれない

2024年3月28日初版第1刷発行
2024年6月19日　第2刷発行

著　者　小桜菜々

発行者　菊地修一

発行所　スターツ出版株式会社
〒104-0031東京都中央区京橋1-3-1
八重洲口大栄ビル7F
TEL 03-6202-0386（出版マーケティンググループ）
TEL 050-5538-5679（書店様向けご注文専用ダイヤル）
URL https://starts-pub.jp/

印刷所　大日本印刷株式会社
Printed in Japan

ISBN　978-4-8137-9318-2　C0095